YOUNG AGE小說鮮視界！

YA!

青春滿點！活力滿載！好看滿分！

未來都市 NO.6 #beyond

淺野敦子—著　Bxyzic—圖　珂辰—譯

目錄

1. 借狗人的生活 011
2. 來自過去的歌 053
3. 紫苑的生活 086
4. 老鼠的生活 150

人物介紹

紫苑

兩歲時被NO.6市政府認證為精英，和母親火藍住在「克洛諾斯」裡，接受最完善的教育與照顧。從未見過自己的親生父親。十二歲生日那天，因為窩藏老鼠而被剝奪所有特權，淪為公園管理員，並移居下城。四年後，在被帶往監獄的途中為老鼠所救。

紫苑因為體內遭到不明蜜蜂寄生，頭髮變得全白，身上也出現一條纏繞全身、如紅蛇般的痕跡。在西區，他體驗到和以往截然不同的生活，也逐漸認清NO.6的本質。NO.6崩塌後，他選擇留下來，成為最年輕的重建委員會委員。

老鼠

真實姓名不詳，有著如老鼠般的灰眼珠。十二歲時因為不明原因，被冠上「VC」——重大犯罪者的身分，逃亡過程中被紫苑所救。四年後，兩人重逢，老鼠出手救了紫苑，並將他帶到西區生活。

屬於「森林子民」一族，家人和族人被NO.6軍隊所殺。他雖被同族的老婆婆所救，背上卻留下火燒的疤痕。憎恨NO.6，以向NO.6復仇為目標。但在遇見紫苑後，他卻產生了動搖。

火藍

紫苑的母親，跟紫苑一起被趕出「克洛諾斯」之後，在下城的某個角落，開了一家手工麵包店。雖然是只有一個展示櫃的小店面，但是從早到晚都飄著麵包的香味，很多人因此被吸引而來，生意滿好的。

力河

前《拉其公寓》（報紙名）的記者，曾在西區以發行不良的黃色書刊和為NO.6高官找樂子為業。和紫苑的母親火藍是舊識，非常喜歡她。NO.6崩毀後，他靠著收購流出物品再賣出，獲得不少利潤。現在經營出版社和印刷公司。

火藍&立克
老鼠家附近的孩子,是一對姊弟。因為家裡非常貧窮,常常吃不飽,而紫苑因為火藍與母親同名，所以對她很有親切感,表示有空時願意讀故事給火藍還有其他小孩子聽。
楊眠
小女孩莉莉的舅舅，身材瘦高、長相平凡。內心對於NO.6懷有諸多不滿和憤恨，也是抗爭運動的領導者。在偶然的機會下，曾出手救了火藍一命。NO.6崩毀後，擔任重建委員會的成員。
借狗人
個子矮小，擁有一頭長到腰際的黑髮。經營西區內一間殘破的舊飯店，以出借狗給投宿的人取暖為主業。因為被狗養大，聽得懂動物的語言，也利用狗到處打探情報，並販賣情報給需要的人。

我們能夠全心信賴別人嗎？

我來說個故事。

說給你聽。

一個我知道的故事。

故事？不，那是現實，刻劃在人類歷史上的現實。人們應該會這麼說吧。

在我看來，人類的生活全都是故事，或是喜劇或是悲劇，或是陳腐或是無趣的編造的故事，僅僅如此。

是啊，人類總是扮演著小丑。

被自己的欲望、愛、想法耍得團團轉，演出滑稽的鬧劇。愚蠢、無知、貪婪……自己親手毀掉自己建立的世界。希望能夠統治他人，成為這世間唯一的王。

為什麼會這樣呢？

為什麼只有人類，無法在大自然的法則裡安分守己的生活呢？真是奇怪的生物。我總是這麼覺得。

接下來我要說給你聽的故事，故事中的主角們也是那樣的人。不，不對，主角不是人，是都市。

就是某個都市國家本身。

人們稱之為NO.6。

你聽過NO.6這個名字嗎？

人類創造出的最美的、也最令人毛骨悚然的存在。呵呵，是啊，或許正適合鬧劇的主角。

然而……不可思議的是，不知道為什麼，我卻喜愛那座城市、喜愛NO.6。我喜愛圍繞在NO.6的故事，也喜愛活在那個故事裡的人們。這麼說來，我也有「心」這種東西嗎？

我認識兩名少年。

白天與夜晚，光明與黑暗，大地與風，認命接受一切的人與打算捨棄一切的人，彷彿截然不同卻又非常相似。這兩個人都跟NO.6有很深的關聯，跟NO.6一同走過歲月。

什麼？你問那是何時的事情？

嗯，是何時的事情呢？恍若昨日又似發生在千年前，我沒有常人有的時間觀念。

永遠與瞬間對我而言是相同的。

不過我不曾忘記他們。

他們存在過的痕跡，或許值得一說。

我偶爾會這麼覺得。

來吧，過來這裡。

我來說個故事。

說給你聽。

關於兩名少年與NO.6的故事。

I 借狗人的生活

天花板在搖晃。

真的覺得在搖晃。

咦？怎麼了？

借狗人倒在床上，閉起眼睛。

不舒服。

除了頭暈目眩之外，甚至覺得想吐。

閉著眼睛，反覆地深呼吸。從鼻子吸入空氣，留在腹中，然後緩緩從嘴裡吐出。

一次、兩次、三次

身心的不適通常能藉此治癒。

慌亂無助的心、雜亂紛沓的思緒、疼痛的傷口、隱隱作痛的頭疼，全都能藉此治癒。並沒有人教他這麼做，是他自己在不知不覺中學會的方法。可是，只有空腹無計可施，因為吸再多空氣，肚子脹得再大，一旦吐出便又扁下去了，他無法抹去因為肚子過餓而全身發冷的感覺。

他討厭飢餓，甚至覺得可怕。

借狗人全身顫抖。

飢餓是魔鬼，擁有尖銳的牙齒與爪子，會將人想要活下去的意志與希望活下去的念頭連根拔起。

但是，現在是安全的。

當然肚子還是餓的。借狗人不記得自己的肚子曾經吃飽過，肚子這個地方原本就是一個隨時都是空的地方，他早就看開了。

緩緩從床上起身。雖然頭不暈了，但仍然想吐。全身沉重，手腳彷彿被綁上了沉重的石頭，就像某個國家的囚犯被綁上鐵球一樣。

不妙啊。

他再次躺下，在心中咂舌。

在西區，生病等於召喚死神。這裡雖然有檯面下的詭異祈禱師、自稱醫師的人，卻找不到一個能夠進行適當醫療行為的人。至少借狗人從未聽聞過。

身體好沉重。

一閉起眼睛，就感覺要被拖進深海裡。

這種時候要想快樂的事。

他問自己。

快樂？到目前為止，自己曾經感到快樂過嗎？

當然有。昨晚不也稍微從飢餓中釋放了嗎？是了，是了，那正是最幸福的時刻了。

昨晚吃了肉，是從監獄丟出來的廚餘裡混雜著生肉塊。並非某個人吃剩的東西，而是料理前的肉塊。很完整，也沒有腐爛，而且仔細一瞧，還奇妙地很扁平。或許是監獄裡員工餐廳的廚師不小心掉在地上，剛好有人踩過去。

「喂喂，好好一塊肉就這麼浪費了。」

「哎呀，抱歉，不過失手弄掉的人可是你喔。」

「算了，這種東西不能吃了。」

肉被丟進金屬製的垃圾桶內，就這麼被遺忘了，最後隨著其他垃圾與廚餘一起到了借狗人手上。

來龍去脈或許是如此。不，管他什麼來龍去脈或過程，反正肉正拿在手上。

怎麼會如此幸運呢？

他開心到跳了起來。有多久沒拿到這樣的好東西了呢？在記憶中探索再探索也找不到一絲線索。看著手中閃著油光的肉塊，借狗人舔了舔唇，吞了吞口水。

他不知道這是什麼肉，不過什麼肉都好，只要不是人肉或狗肉，他絲毫不介意。

借狗人返回自己做為居所的廢墟，馬上開始料理。從廚餘裡找出蔬菜渣與骨頭放進鍋裡熬煮，在快煮好前將肉塊分成幾小塊丟進去。原本打算一半做成肉乾或者拿到市場去賣，不過他打消了念頭。他深知乾糧很重要，也明白拿到市場賣能賣個好價錢，然而他決定要一口氣吃掉這塊肉，偶爾有這樣的奢侈也不錯。他打算好好享受這難得的幸運，上天一時心血來潮給予的幸運。

這裡是西區，一個連明天的命運都看不清，神也無法給予任何保證的地方。既然如此，別去考慮明天，好好享受此時此刻也不是一件壞事吧。

鍋裡冒出熱氣。

飄出陣陣香氣。

狗狗們受到香氣的吸引，聚集過來。

「我知道，會分給你們吃的。」

白的、黑的、斑點的、茶褐色的。長毛、短毛、捲毛。垂耳、豎耳、單耳。從像頭小牛一樣壯的大型犬到比貓小的小型犬，借狗人的身邊總共有

二、三十隻狗。也不知道為什麼，總是維持這麼多隻。每年都有小狗出生，換言之就是有同樣數量的狗死亡或不知去向。

昨天也死了一隻老母狗。牠生了好幾隻小狗，其中有一半順利存活下來了，是一位偉大的母親。牠的兒女們輪流舔著牠已經冰涼僵硬的身軀。

狗重情，溫暖且溫柔，心存慈悲心，絕不會背叛朋友與家人。

比起人類這種生物要來的值得信任許多。

「比起餓肚子，比起凍結的大地，更恐怖的是人類。」

這是……爺爺的口頭禪。

正用木鏟子攪拌鍋中食物的借狗人搖了搖頭。

為何想起爺爺呢？又不能當飯吃。

不，不對。他比剛才更用力搖搖頭。

一年總要想起他二、三次才行，要想起他，懷念他才行。那位爺爺對他有恩，承恩不忘也是狗的優點。

爺爺幾歲？為什麼來到這座廢墟與狗一起生活？他從哪裡來？又往哪裡

去了？這些借狗人都不知道，也不曾想要知道，只知道如果沒有爺爺，自己就不可能活下來，這點他刻骨銘心地明白。

他是在冬天遇見爺爺的。

他還記得冷冽的寒風與飄然降落堆積在眼前的白雪，所以是冬天，很多年前的冬天。

儘管沒有母親的記憶，也不記得父親，卻能鮮明地回憶起冷冽的風與在風中飛舞的雪花，甚至連靠近的腳步聲、舔舐臉龐的狗的舌頭、人類胸膛的溫度、被抱起的那一瞬間、身體飄浮的感覺都鮮明地在腦海中復甦。

那時候自己幾歲呢？還是嬰兒嗎？應該是，還記得喝了「母親」的奶。是了，沒錯，沒想到嬰兒還真能記得許多事呢。

把借狗人撿回去養的是一名住在已經荒廢的飯店裡的老人，不，撿他的是老人，養他的或許是一隻母狗。

一隻剛生下小狗的年輕母狗，牠讓借狗人吸牠的奶，跟小狗一起窩在牠的腹部睡覺，因此借狗人才能免於餓死，免於凍死，平安活下來。

聰明又溫和的母狗對借狗人而言是唯一的「母親」。

「你是個不可思議的孩子……與其說不可思議，不如說是個特別的孩子。」

當借狗人學會走路，開始會跟狗同伴們搶著吃食物時，老人這麼說。用感觸良多的、柔和溫暖的口吻說。那個借狗人也還記得。

「特別？」

「跟別人不一樣的意思。我活了這麼久，還沒聽過，當然也沒看過喝狗奶長大的嬰兒。老實說，撿你回來的時候，我認為你大概活不過三天，可是我還是把你撿回來了，因為我想至少能在你死後好好埋葬你。」

「埋葬？」

「埋在土裡的意思。我打算若你死了，要將你埋葬在土裡。因為我不忍你曝屍荒野，像這片土地上的許多嬰兒一樣，被丟棄在路旁腐爛，被烏鴉啄，被野獸啃，我不想要你有如此的遭遇。如果是平常，如果是平常……我大概會視而不見吧，當作沒看到似地走過去。我過去都是這麼做，可是不知道為什麼，居然把你撿回來……居然想要埋葬你……」
「為什麼？」
「不知道。」
老人緩緩搖了兩次頭說：
「不知道，我自己也無法解釋，為什麼那個時候我會把你抱起來帶回來，過去我曾經見死不救過幾名、幾十名嬰兒，卻唯獨對你伸出手……實在難以說明。包括這一點，所以我剛才才會說你是一個不可思議的孩子。」
借狗人全身顫抖，輕聲呻吟。感覺連指尖都發冷，冷汗從背脊滑過。
在恐懼的同時，也有一股想要大笑出聲的衝動。他想仰天大笑，發出哈哈哈的笑聲。
自己能活下來，原來靠的是偶然與一點點的幸運。如果沒有老人的一時興起，這個軀殼的肉與骨頭都會變成烏鴉與野獸的食物。實在是奇蹟，實在是運氣太好。恐懼、鬆懈與突如其來的狂笑的衝動在他心裡掀起漩渦。
他知道那個時候在西區要生存下去已經是非常困難的事了，也感覺到自己的未來就像徒手攀爬懸崖一樣，充滿艱辛與困難。

雖然如此，他仍然想活下去。努力活著，努力活下去，就算只有一秒鐘、只有一分鐘，他都想要延續這條命。為此他什麼都做，就算難看，就算卑鄙，就算丟人現眼都無所謂。死很簡單，只要一條細繩子，一棵有點樹枝的樹就能成事。跳崖也可以，朝著監獄大吼大叫走過去也是一個辦法，因為站崗的士兵會毫不猶疑地朝著你的胸部或頭部開槍射擊。

無論選哪個方法都能輕而易舉地死去，不會有多少痛苦。應該。

所以，選擇死亡反而是輕鬆的。這點他很明白，就像明白太陽就是從東邊升起一樣。

但是，我不要。

借狗人緊握拳頭，還是小小的拳頭。

我絕不輕易死去，不會自己選擇死亡，我要好好活下去。

我要挑戰。

挑戰出生在西區，被丟棄在路邊的命運；挑戰這個難以生存下去的世

界；挑戰創造出這種世界的那些傢伙，而且一定要贏。贏，換言之就是繼續活下去。

年幼的借狗人不會說話，也不知如何用語言表達他內心的決定，然而老人卻靜靜地笑了，把手放到借狗人的頭上，喃喃說道：

「如果是你，或許能辦到。」那之後一年的初冬，老人消失了。早晨借狗人醒來時，床上已經空無一人，廢墟裡的任何一個角落都看不到老人的蹤影。他並沒有到處去找，內心其實已經放棄，知道找也沒用。他雖然覺得困惑，但並不寂寞，因為有狗在。只要有狗陪著他，他便覺得足夠。

爺爺大概也看清這一點了吧。因為看清了，所以才會離開。或許是領悟到自己的壽命已到盡頭，或許是找到自己要去的地方了，不管原因如何，現在應該已經在某個角落成為這片大地的一部分了吧。人無法成為天上的星星，但能回歸大地，也能留下回憶。

爺爺，謝謝你，我不會忘記你對我做的各種事情，我會偶爾像這樣想起你，懷念你。雖然說最近你的臉開始有些模糊不清了，一臉蓬亂的白色鬍鬚，光禿禿的額頭呈現漂亮的櫻花色，右邊的眉毛特別粗之類的小細節，講話的口吻總是溫和又溫柔等等，這些我都記得，可是卻怎麼也想不起來你的臉。為什麼呢？不過反正我今天也像這樣想起你了，這樣就夠了吧？

借狗人用鏟子攪了攪鍋子。

斑點狗發出吼聲，結果其他狗兒也跟著開始吠。

「知道了，知道了。好，豪華晚宴要開始囉！大家都過來吧，不過要等冷了才能吃喔，要不然舌頭燙傷了，之後可就辛苦了。」

借狗人分了湯在狗兒的餐盤裡，自己也喝了口飄著肉片的清淡肉湯，這時他早已忘了老人的事了。

過去總會成為阻礙，老是回頭看就無法前進。

含了口碎肉片，慢慢享受舌頭的觸感與味道。一口吞進去實在太可惜，真想一直含著品嘗，沒想到小小的碎片一下子就從喉嚨滑進胃裡了。雖然如此，喝光吸了肉味的湯之後，身體也從體內開始暖和起來。溫暖的身體就這樣躺在床上，小狗仔爭先恐後爬到他身上，舔他的臉，粉紅色的小小舌頭好舒服。

好幸福，甚至覺得獨占了世界上的幸福。帶著幸福的心情，借狗人墜入夢鄉。

想吐。

一睜開眼睛再度覺得天搖地動，好恐怖。

究竟是怎麼回事？

腦袋的一角隱隱作痛，身體愈來愈沉重，冷汗直冒，跟昨晚的溫暖截然不同，異樣的發熱。

小狗仔的舌頭也不像昨晚那樣舒服了，皮膚發燙到痛，內心鬱悶，過去從不曾厭煩過狗的存在。

幾度反覆深呼吸卻絲毫無法舒緩不適感。

這是怎麼了？

在自問的同時，背脊閃過一陣戰慄，恐懼由心底發出。
已經不是不妙的程度了。
要是就此無法起身呢？要是就這樣再也動不了會怎樣呢？
在這個西區生病，真的如字面所說會要人命。西區的居民三餐不繼，生活在衛生條件最糟糕的環境裡，想要他們的命輕而易舉。受一點小傷——小指指尖切深一點、腳背刺破一個洞——或者生一點小病——頭暈目眩、想吐、發燒等，總之就是無法從床上爬起來的程度——就足夠了。三天前確實還活著的人，今天卻變成屍骸被丟棄在路旁，這種事也是家常便飯。
可惡！
借狗人咬著下唇，撐起上半身，靠著牆壁，用力深呼吸。
難道昨天的肉是最後的晚餐嗎？可惡！開什麼玩笑！我絕不會被打敗的。
他使勁咬緊下唇，血的味道在嘴裡擴散，再度喃喃地說：「可惡！」然而還是全身無力，連要動一根手指都很困難，更別說若是勉強站起來便會覺

得頭暈目眩、噁心想吐，再度倒在床上。

意識忽然遠離。

冰冷的風從玻璃窗的裂縫中吹進來，那份冷冽將借狗人拉回現實。

好想吶喊，大聲吶喊：「救命！」

救命！誰來……救救我。

房間角落有一隻狗站起來，靠近。牠在床旁坐下，抬頭望著借狗人。一隻跟「母親」有血緣關係的茶褐色大型犬，有著跟「母親」一樣的聰明與明亮的黑色眼眸。

狗抬起頭、豎起耳朵，就像在等待借狗人下命令。

借狗人指著窗外說：

「……去叫……去叫他們……」

外頭是籠罩著雪雲的寒冬，只有微弱的光線勉強透過雲層投射在地面。今天的西區大概仍舊一整天冰凍寒冷吧。

狗推開半腐朽的舊式大門走出去，生鏽的鉸鏈發出難聽的咯吱聲。原本應該是已經聽慣的聲音，如今也覺得尖銳，讓他想吐。

「拜託，把他們叫來……」

救救我。

狗奔下樓梯。

小狗們靠近借狗人，不安地嗚咽著。

作了夢。

以前的夢。

是幾年前呢？

老人早已不知去向，借狗人獨自，不，跟狗一起生活，剛學會如何順利拿到廚餘，也學會如何料理廚餘以及如何販賣的方法。

走下樓梯。

一條通往地下的水泥樓梯，跟借狗人居住的地方相比完整許多。地面上的建築已經半毀，不過地底下卻並非如此。走到盡頭便是門，他的手悄悄伸向門把。

建築物位於西區的入口附近，這一帶的雜木林裡分散著幾棟簡陋的建築物，而神聖都市NO.6就聳立在極近的距離外，正確來說，是NO.6的外牆，特殊合金的外牆散發著金色光輝聳立著，將那邊與這邊，天堂與地獄明確隔開來的牆壁。內側什麼都有，溫暖的床、豐富的食糧、最新的醫療設備、舒適的住居，生命不會受到威脅，無緣體會飢餓與寒冷，據說連痛苦與恐懼都不存在。

名副其實的桃花源，符合神聖都市之名。

不過在西區很少聽見關於NO.6的話題，大家都閉口不提，彷彿那個名字就是一個禁忌，沒人會去觸碰。

大有蹊蹺。

借狗人覺得。不，是他感覺到。

這個世界不可能存在著桃花源、神聖都市之類的地方。NO.6是人類建造的都市國家，只要跟人有關就必然有破綻。你的理想我並不覺得圓滿，我的滿足或許是你無法忍受的東西，這就是人類的世界。人類不可能創造出桃花源，互相爭奪、起衝突，然後互相讓步到彼此都能接受的境界，頂多也只能做到如此。

NO.6？

蹊蹺到髮根都要倒豎了，還是不要靠近比較聰明。

所以借狗人很少靠近這一帶，他討厭接近NO.6的外牆。那一天，只要再多有一些收入，他也不會靠近這裡。然而一整天在西區晃來晃去也只獲得了一、兩片青菜與一片肉乾，只有這些，別說狗了，連他自己都餵不飽。當時的借狗人還不知道定期從監獄取得廚餘的方法，只能抱著空腹拚命地尋找食物。他在市場被肉攤的老頭子用棒子猛揍，被居酒屋的老闆娘用尖銳的聲音咒罵，這些他都不以為意，他早已習慣他人的打罵與肉體的疼痛。

總之要先解決飢餓的問題。

當他回過神來時，他人已經在雜木林中了。似乎是想碰運氣看能不能撿到果實，幾乎是在下意識中走過來的。

他在林中發現了半毀的廢屋，隨意伸手觸摸牆壁，沒想到牆壁自動滑向旁邊，一條通往地下的樓梯出現了。

他動了動鼻子。

凝目，傾耳。

沒有人類的動靜也沒有味道。

空屋嗎……

一步一步緩緩往下走。

以前應該是一位古怪的老婆婆跟看起來像是她孫子的小少年住在這裡，借狗人曾看過他們兩次，那是一位眼神很陰險，彷彿一輩子沒笑過似的老婆婆。

沒錯，沒錯，他想起來了。

那位老婆婆的腦袋有問題，她去襲擊市長還是議長之類的，總之就是NO.6的重要人士，而且還是單獨一個人，拿著小刀步履蹣跚地走過去，結果被當場射殺。不，好像是被抓到，後來被處以槍刑。嗯，無論是哪一種，反正就是輕而易舉被殺了。理所當然的結果，呵呵。

借狗人在心中嗤笑。這是他在市場聽到的傳聞，完全無法辨別真偽。

肚子發出聲音，彷彿在哀號。

無法忍受了，給我食物，快點，快點，快點，快點，快點。

可惡，沒有什麼可以吃的嗎？就算是發霉的麵包、腐爛的肉都好，只要能安撫這個肚子什麼都好。

借狗人抓住門把。

門並沒有上鎖，雖然有點重，然而用點力還是順利打開來了。

「哇！」

喉嚨深處發出介於驚嘆與話語之間的聲音。

「這是什麼啊。」

一整片都是書，這裡也有，那裡也有。有一些整齊堆放著，也有一些雜亂丟在地上。幾乎看不到地板了，不過本來就除了書之外幾乎看不到其他東西。

那是借狗人生來第一次看到書的瞬間。他認識字，也會寫簡單的文章，是老人教他的。可是關於書，他沒有任何知識，甚至關於「書」這個單字，關於這些由寫滿文字的紙釘在一起的東西是什麼，他都不知道，也毫無頭緒。他只是馬上就領悟到那並非食物。他試著拿起堆在門邊的其中一本書咬咬看，純白的紙上畫著一顆紅通通的蘋果，看起來著實美味。

太過分了。

他用手背擦拭嘴巴，丟掉手上的書。

又硬又粗，不是可以吃的東西。

借狗人踢開地上的書往前走。

屋子裡只有書。

嘖。吃了大悶虧嗎？

他咂舌，正打算往回走時，心突然興奮了起來。因為他看到了書以外的東西。

那個東西放在塞滿書的書櫃上，只有那個地方沒有放書，特地清空了。那是一個銀色的小箱子，下面鋪著手巾。

那是什麼？表示這裡有人住嗎？

他再度抖動鼻子。

還是沒有嗅到什麼味道。

借狗人從書櫃上取下銀色小箱子，打開蓋子。

他吹了聲口哨。

原來如此，這真是寶貝，他找到寶了。

箱子似乎是一個急救箱，裡面有幾種藥、繃帶、小鑷子跟紗布類，擺放得很整齊，連手術刀都有，看來是NO.6使用過的東西。當然借狗人猜測不出來為什麼這個東西會出現在這裡，他甚至沒想要去猜測，管他什麼原因或來路，現在有沒有拿在自己手裡才是最重要的。

在西區，所有的醫療藥品都很珍貴，特別是消毒藥品的交易價更是昂貴，有時候一小瓶消毒藥就能換到兩枚銀幣。

他用鼻子聞了聞。

這是沒有雜質，純度百分之百的物品，很刺鼻。呵呵，說不定還能換到金幣。太幸運了，好運降臨了。

借狗人暗自竊笑，闔起箱子的蓋子。就在他打算抱起箱子時，他看到了被書蓋住的小桌子。

桌子上有一隻小老鼠。不是真的，雖然做得很真實，不過明顯是假老鼠。借狗人抱起箱子準備離開，他看到老鼠的腹部捲起來，裡面有精細的零件。

機器鼠？

他正打算彎腰看時，突然覺得不寒而慄，背部起了雞皮疙瘩。

「不准動。」

耳邊傳來聲音。這回他全身都起了雞皮疙瘩。並非因為脖子被小刀抵住，而是因為冰冷的聲音，所有的情感都凍結，甚至連借狗人的情感也跟著凍結的冷冽聲音。

是殺手的聲音。

沒有一絲躊躇，沒有一點感情的猶豫就奪走人命。就是那種人的聲音。

而且、而且、這傢伙、何時、站在我後面的？

他自信嗅到人類氣息的能力跟狗一樣，只要對方的情緒愈激動，他就愈能感覺到。憑藉著這個能力，他多次躲過危險與麻煩，然而這次他卻毫無所覺，完全沒有捕捉到有人逼近背後的氣息。

是人嗎……還是從地獄爬出來的亡靈、妖孽、怪物？

牙齒打顫，發出喀喀的規律聲音，迴盪在耳裡。

喀喀、喀喀。

喀喀、喀喀。

他咬緊牙根，腹部用力地說：

「等、等等，我……」

「把箱子放回去。」

「好、好，我放回去。」

借狗人顫抖地將急救箱放回書櫃。接著說：

「我、我放回去了，這樣就可以了吧？」

「這樣就可以了？怎麼可能。」

小刀微微移動，傳來尖銳的疼痛，借狗人好不容易才忍住湧起的驚叫，腋下滲出油汗。

「在這個地方偷竊等於死路一條，被殺應該也無話可說。」

「呃、這……被殺了當然說不出話來。啊、我住在廢墟……你知道是哪裡嗎？就是跟這裡反方向的飯店廢墟，我就住在那裡，跟狗一起在那裡生活。我叫……呃、我沒有名字，反正在這種地方也不需要那種東西，不過偶爾會有人叫我『借狗人』，因為我利用狗做生意。呵呵，什麼都好，名字不重要，可是我還滿喜歡這個名字的，因此如果你要叫我，就叫我『借狗人』吧。」

借狗人說個不停，因為他覺得要是不說話，寂靜降臨，他會在沉默中被割喉。

「喂，拜託，我跟你道歉，請你原諒我，我再也不會做這種事了。」
他苦苦哀求地說：
「不要殺我，求求你，放過我，我……還不想死，不要，我不要死，對不起，真的對不起啦，我再也不會偷你的東西了，我保證，不要殺我。」
不是作戲，是真心求饒。
不要殺我，求求你，放了我吧。
求求你，求求你，求求你，求求你，求求你，求求你。
刀子離開了。
頓時脖子變輕了。借狗人喘了個大氣。大概是因為異常緊繃吧，筋很痛，他用手去摸，感覺刺痛，不過並沒有流血。
為了讓對方害怕、畏怯，只薄薄割傷脖子的一層皮，不會滲血，只會有疼痛的感覺。
果然身後站的不是人，而是亡靈、妖孽、怪物嗎……
借狗人壓著脖子緩緩回頭。他其實不想回頭，他其實想要就這麼拔腿逃

跑，然而他覺得如果就這麼背對著跑出去，刀子會在那一瞬間深深刺進他的背部，所以他不敢那麼做。

他緩緩地、緩緩地回頭。

咦？

他不由得眨了眨眼，他知道自己嘴巴半開。

眼前不是亡靈也不是怪物，是一名穿著紅色格子襯衫的少年。或許是少女，不，他是男人，女人發不出那種冷冽的聲音，他只是看起來像女人。

少年有一頭長髮，過肩，遮住額頭。小小的白皙臉龐五官端正到令人不舒服，原本以為應該閃著殺氣的眼神卻很平靜，看不出任何情緒。

眼睛有著不可思議的顏色。

是妖豔的深灰色，借狗人第一次看到這種顏色的眼眸。

少年的身高比借狗人高，不過年齡似乎相仿，雖說借狗人本身也不知道自己幾歲了。

少年面無表情地將刀子收進盒子裡。借狗人從心底鬆了口氣，他氣這個鬆了口氣的自己。

自己就是被這樣的小子威脅的？

他想咂舌。

可惡，豈能被看不起。

「那件襯衫似乎不太適合你。」

他帶著冷笑揚起下巴說，企圖想展現從容的一面。

「不過看起來很高級，在西區可是很難看到這種東西。」

「別人借的。」

「借的？哦～～這種高級的東西從哪裡借來的？不會是從NO.6裡面借來的吧？」

他只是想開玩笑，認為能說的也只有這個。那件襯衫一眼就知道質料很好，輕柔、保暖又耐穿。剛才放回書櫃的那個急救箱也一定是牆壁內側的製品。

「你是誰？該不會來自那個都市吧？」

話才剛說完，就見到少年從襯衫的口袋裡拿出肉乾來咬。

「啊……那個，該不會是……」

借狗人摸索腰上的袋子，是空的，明明放進去的肉乾不見了。

「偷竊的代價，我就不客氣了。」

「開、開什麼玩笑！誰才是小偷！還給我，把我的肉還給我！」

嘻。

少年笑了，一張彷彿無憂無愁、天真無邪的笑顏。

「你要想盡辦法拿回去嗎？借狗人。」

「唔……」

借狗人咬著唇思忖。

不是一個正面跟他起衝突能贏的對手。

借狗人直覺知道。

可惡，早知道帶狗來，只要狗在，一口就能咬死這小子。

可惜狗不在，借狗人只有一個人。

「……我認了。」

「真是明理的聰明人，這樣才活得久。」

「少諷刺我。」

你給我記住，有一天我一定會加倍奉還。

借狗人後退到門邊，伸手抓住門把。這種地方不宜久留。

少年坐在書上不發一語，只有視線緊鎖著借狗人。借狗人被他的目光奪走身體的自由，手腳都不聽使喚了。

「你……到底是什麼人？」

他重複剛才的問題，比剛才更嚴肅地問。

「你住在這裡嗎？」

「沒錯。」

沒想到少年居然回答了。

「一個人嗎？」

「沒錯。」

「這裡不是一直是空屋嗎？是啊，應該很多年沒人住了，你是從哪裡來的？還有，你為什麼有跟NO.6扯上關係的襯衫、急救箱之類的東西呢？啊，那隻老鼠玩偶又是什麼東西？看起來像機器鼠，不會是你組裝的吧？」

他知道他應該快點逃命，可是嘴巴就是停不下來，問題一個接著一個脫口而出。

「你話還真多，講了這麼一大串還不會咬到舌頭，實在令人佩服。」

少年搖搖頭說，臉上帶著覺得可笑的笑意。

借狗人差點被迷住。

心跳加速。

這小子……太危險了。

比殺人犯還危險，更難纏的小子。

這也是他的直覺，不過應該沒有錯。

別跟他扯上關係，快點離開這裡，別再靠近他。

耳朵深處響起警告聲。借狗人抵抗平常絕對會老實遵從的那道聲音，繼續問道：

「你叫什麼名字？」

少年微傾著頭回答：

「老鼠。」

出乎意料很大方地公開名字，然而做為人名卻有些奇妙。

「什麼啊？那麼奇怪的名字。是本名嗎？」

「借狗人也差不多吧？一點也不正常。」

「嗯……你這麼說也是啦。老鼠嗎？很好記也不錯。」

「你想要記嗎？」

「嗯……這個嘛……」

有種被牽著走的感覺，如果不趕緊做個了斷，很可能會被困住，就像被蜘蛛網黏住的飛蟲一樣，全身無法動彈，就這麼乾枯死去。

危險、危險、危險。

「拜拜，老鼠，我們有緣再見吧。」

「如果有緣的話。」

怎麼可能有緣，我再也不要見到你了。

借狗人放在身後的手打開門，直接走出門外。他一走出門外，立刻全力往樓梯上衝。

他的腳步在途中停下。約在樓梯中段處，借狗人回頭了。他看見生鏽的門。

「老鼠嗎？」

他喃喃自問。

今日之後再也不會相見嗎？真的嗎？

如果有緣的話。

剛才的那句話還在顱骨中迴盪著。

如果有緣。

會有的吧，一定。

他突然這麼覺得，幾乎接近確信，今後會多次遇見那名少年，並且會跟他糾纏不清。

一股讓身體緊縮的不快感湧現，然而不快感的深處卻瀰漫著微甜的感覺。

他再度喃喃自語地說：

「老鼠嗎？」

「你找我？」

非常清楚的回應。

什麼？

「你找我嗎？借狗人。」

他睜開眼睛。

頭暈目眩。

位於廢墟一角的房間裡光線明亮，玻璃窗外的雲散了，藍天探出臉

來了。

滲入視網膜的藍。

老鼠低頭看他。

兩人對上眼。

跟初見時一樣，妖豔的深灰色眼眸。

「……你為什麼、在這裡……」

「啊？你問這什麼話？不是你找我來的嗎？是你派這傢伙來找的，不是嗎？」

茶褐色的狗在老鼠的身旁搖著尾巴。

「……我找的？我找你？怎麼可能，我找的是……」

「你不是找我，那你找誰？」

「我找……」

「借狗人，你醒了嗎？」

一頭白髮的腦袋從老鼠身後探出來問。

「紫苑。」

「是我，你病得很嚴重，不過沒事了，一會兒就會舒服了。」

紫苑微笑著說。

借狗人突然想哭，他想抱著紫苑放聲大哭。

紫苑，我好害怕，我怕自己就這麼死掉，我好怕，好不安，不知道該怎麼辦，所以才把你叫來的。

「來，把這個喝了。」

紫苑遞出一個破碗，碗裡有綠色濃稠的液體，一股青草味撲鼻而來。

「這是……」

「藥草。老鼠的書架上有中藥的書，我抱著嘗試的心情去雜木林找了找，沒想到找到了許多種。這個能醫治反胃，還有消除疲勞的功效。」

「……啊？什麼是中藥？」

「以前東洋流傳的醫學，據說能提升身體本身的療癒能力，好了，總之你先喝了吧。」

「鼻子捏著，這樣就喝得下去了。」

老鼠說。

借狗人照著做，捏著鼻子一口氣喝光。其實並沒有那麼難喝，從喉嚨滑入的苦澀似乎帶來了力量，他用力吐了口氣。

這兩個人來了，接受了我的ＳＯＳ，而我無條件地依賴他們。

紫苑伸手放在我的額頭上。

冰冰涼涼的，好舒服。

「你要好好睡一覺，看起來是沒有引發肺炎，不過有感冒症狀，而且也有貧血。」

「……我要是臥床不起，狗群要餓死了。」

「你不用擔心這個，借狗的業務我會接手，食物方面老鼠會準備，對吧？」

老鼠不屑地聳聳肩說：

「是，我會想辦法，不過這是人情，借狗人，以後你要連本帶利還給我。」

借狗人橫躺著，面露微笑。平時會讓他暴跳如雷的老鼠的口吻，如今聽來也覺得非常溫柔。

我糟糕了啊，要是現在哭了，以後不知道會如何被嘲笑……如果要哭，也得等只有紫苑在的時候。忍住！眼淚不要流出來啊。

「對了，借狗人。」

紫苑比剛才更溫柔地微笑著說：

「以你的體力來說，我並不擔心你的病，只是你腳趾頭的傷有點危險。」

「腳趾頭？啊啊，你說右邊的大拇趾吧？我之前就覺得會痛。」

他常常受傷，除非是大傷，否則舔一舔就好了。

「開始化膿了，要是再不處理，有可能會發炎，導致無法走路的可能性很高，所以……」

「所以？」

「動手術吧。」

紫苑拿出來的是那個急救箱，一點也沒有變舊。

「紫苑，那個你要做什麼……」

「把傷口切開，取出膿之後，消毒乾淨再縫合。只是這樣而已，很快就好了。」

不知道什麼時候，紫苑已經戴上塑膠手套，拿著手術刀了。一把尖銳的銀色小刀。剎那間借狗人冷汗直流。

「切、切開？等等，紫苑，我說等一下。麻、麻醉呢？」

「沒有。」

「沒有？那怎麼行。」

「沒關係，一下子就結束了。老鼠，抱歉，可以請你壓住借狗人嗎？壓住他別讓他亂動。」

「沒問題。」

老鼠的雙手壓住他的腰，這樣就令他的下半身幾乎無法動彈。

「借狗人，我想你大概不知道吧？」

老鼠笑著說。異常嫵媚的笑容。

「紫苑很愛縫人的身體，你別看他那樣，他可是非常冷酷的。」

「哇！住手，我會怕，救命啊！」

再也顧不了面子，借狗人就快哭出來了。

「安靜點，真是個婆婆媽媽的小子，我這個門外漢都看得出來這傷問題很大，要是放著它不處理，恐怕會要了你的命。雖然紫苑沒有明說，不過這個傷應該就是讓你身體不適的原因吧。」

「管他什麼原因不原因的，夠了吧？好痛，啊啊啊，住手！誰來救救我，紫苑，放過我吧～」

「沒事的，你不要亂動。哎呀，你看，積了這麼多膿，這樣你還能走路，真佩服你，你對痛的感覺變得遲鈍了。好了，就快結束了。」

「沒有遲鈍，啊啊啊，不要縫，好痛～～」

「別哭，好孩子，乖寶寶，我給你獎勵。」

老鼠的嘴裡唱出寧靜的旋律，緩緩地、輕輕地擺動著借狗人的心。

一瞬間，借狗人變回剛出生的小嬰兒，被人抱在胸前，沒有恐懼也沒有苦痛，在一個可以安心沉睡的地方。

「乖乖，乖寶寶，什麼都別想，睡吧，我們會全力保護你，絕不會讓死神帶走你，無論發生什麼事。」

我們會全力保護你。

借狗人睜開眼睛看老鼠，看蹲在他腳邊的紫苑的側臉，兩人都很嚴肅，紫苑的臉頰有幾道汗水流下，從下巴滴落。

我們會全力保護你。

不是謊言。

在這個充滿虛偽的世界裡，剛才老鼠說的那一句話是真的，就算這個世界的一切都是贗品，那也是唯一能相信的一句話。

他忍不住了。

淚水盈眶。

一滴接一滴滑落，似乎快溺水了。

混蛋，居然哭出來了。
借狗人握著拳頭壓住雙眼，無聲地哭泣。
窗外還是一片藍天。

2 來自過去的歌

老鼠抬起頭。

他眉頭微蹙地問：

「什麼？紫苑，你剛才說什麼？」

「我說我想看。」

紫苑啜飲了杯中的熱水。加了少許砂糖的熱水喝起來微甜。在西區，這算是奢侈品之一吧，實際上紫苑也好久沒喝到不是白開水，而是有味道的飲品了。

「我說我想看你的舞臺表演。」

「為了什麼？」

「理由……沒有什麼理由，就只是想看。」

老鼠低頭，闔起正在閱讀的書，動作似乎有些粗暴。他說：

「那算不上答案。如果你想打發時間就想別的方法吧。」

「我才沒那麼多時間去找打發時間的方法。我一週有兩天要去洗狗，也答應讀童話書給火藍他們聽，而且我也開始在力河大叔那裡打工了，待會我就要去他那裡。」

「打工？在大叔那裡嗎？哦，該不會是拍裸女照這種風流的工作吧？」

「不是，只是打雜的，幫忙整理發票，打掃辦公室之類的。原來力河大叔做很多生意，真出人意料。」

「哼哼，那位大叔能好好做生意，我的小老鼠大概也能飛天了。小心點，紫苑，有一天可能會像上次一樣，被女人持刀襲擊。」

「我想不會再發生那種事了，力河大叔一直說他怕了女人了。」

「嘴巴講講而已，大叔愛女人，沒有女人活不下去的。不過如果酒跟女人放在天秤上，或許他會很不情願地選酒吧。」

「你真的是……毒舌。」

「我只是無法像你一樣沒有節操，對誰都好，如此罷了。」

老鼠起身。彷彿就等著他起身似地，茶褐色的小生物馬上爬到他的肩膀上。從毛色來看，是紫苑取名為克拉巴特的小老鼠。

「對每個人都好是一件該被斥責的事嗎？」

紫苑的口吻變得尖銳，胸膛深處掀起浪潮，那股浪潮讓他難以呼吸。那是在NO.6生活時絕對體驗不到的情緒，各種情感在體內流竄，彷彿萬花筒一樣不停描繪出圖樣。

自從開始在西區生活後，他多次因為自己激烈與豐富的情感而瞠目結舌。

心慢慢脫皮。

打破僵直的硬皮，靈魂甦醒。

老鼠將書放回書架，取來斗篷說：

「不傷害任何人的溫柔言語有什麼意義？」

披上超纖維布，戴上手套，老鼠接著說：

「你說的話總是溫柔又沒有殺傷力，跟鳥鳴、蟲叫一樣，美麗卻不會刺傷誰，包括你自己。」

「老鼠。」

「紫苑，你不是溫柔，你只是不想要自己受傷，因此你將話裡的刺全部拔掉。沒有任何覺悟，只是一字一句說著無關痛癢的話，不是嗎？」

紫苑無法反駁。

他無法說出自己的憤怒，也無法駁斥說這是侮辱。

老鼠的言詞全都是刺，一不小心碰到了就會刺進指尖，鮮血直流。跟老鼠說的話相比，自己的確……

他不認為小心不傷害任何人是錯的，也不認為溫柔是不必要的東西，更知道老鼠並非指責自己的溫柔。

無論是不傷害任何人的溫柔言語或是沒有任何覺悟的發言，在NO.6都隨處可見。

哎呀，好可憐，如果我能幫助他就好了。

真可憐，我也覺得好痛心。

我會誠心誠意去努力做好。

各位，要跟每個人做好朋友喔。

到處都是這樣的東西，於是對語言的輕重與意義都不自覺變得漫不經心。

只是嘴上的溫柔與安慰、約定與愛都沒有任何價值，僅僅讓人厭惡罷了。

就算老鼠不指出來，他也察覺了。然而雖然察覺了，他仍希望如果能假裝沒察覺，他想就那麼做。

老鼠看透了他心底深處冒著泡泡的念頭，不滿他的卑劣與偽善，於是講話帶刺。他知道被刺也無可奈何，只是……

「我對你，總是用真心說話。」

老鼠回頭問：

「嗯？你說什麼？」

「沒有……」

此時欲言又止，或許會讓老鼠更加焦躁，可是嘴巴就是無法順利發出聲音。

我，是用真心在面對你的。

這一句話太沉重，沉重到讓紫苑含糊其辭。

克拉巴特在老鼠的肩膀上鳴叫著。

吱吱！吱吱吱！

「哎呀，不好，又要遲到了。」

老鼠的口吻沉穩，很冷靜，完全看不到剛才的焦躁。

「我走了，紫苑，你去大叔那裡打工自己要多多小心。」

說完老鼠便出門去了，只留下紫苑一個人，不，他不是一個人，還有兩隻小老鼠——哈姆雷特與月夜在他腿上睡覺。

他用指腹撫摸兩隻老鼠的頭，一邊緩緩啜飲甜水。

好喝，所謂甘露就是這種味道吧。

在西區的日子裡，紫苑的感官在不知不覺中迅速地變得敏銳了。

視覺、聽覺、嗅覺、皮膚感覺，還有味覺。住在NO.6那個都市裡時吃了許多「美味的食物」，他可以吃到許多「美味的食物」，無論是肉、蔬菜、魚、甜點、水果，只要想吃便能無條件獲得最高級的食物。移居下城後，雖然無法像住在「克洛諾斯」時一樣能吃到各式各樣的食物，但也鮮少有不足的感覺。

母親火藍做的蛋糕與現烤的麵包雖然很樸素，但是真的非常好吃，吃再多也不會膩。然而雖然如此，卻也不曾像這杯熱水一樣滲透人心。

他將熱水喝光。

連指尖都溫暖起來，全身充滿力量。

「好！我也該出門了。」

他輕輕地將哈姆雷特與月夜移到床上，然後起身。

「不過自從我來到這裡之後，好像學到了很多事情，連整理手寫發票這種事都學會了，而且擦地板、洗碗都被說出師了。出師了呢，我可以稍微感到自豪也不為過吧？」

用自己的身體與腦袋工作，獲得糧食。無論是什麼工作，就算只有微不足道的報酬，還是值得自豪。對吧？

月夜抬起頭，動了動耳朵彷彿在附和。

可惡。

老鼠咬緊牙根。

可惡，實在是無可救藥的傢伙。

他在內心自言自語。

不是說紫苑而是罵自己。

斗篷下的克拉巴特發出小小的聲音。

吱吱！吱吱吱。

「吵死了，不用你說我也知道，我那只是遷怒紫苑而已。啊啊……我知道，我都知道啦。」

偶爾，真的是偶爾，跟紫苑在一起會讓自己的情緒混亂，自制力減弱，

思緒不加修飾就直接脫口而出，火花四散，口沫橫飛。明明自己完全沒有想要指責紫苑的念頭，明明知道自己並沒有正確且強悍到能夠指責紫苑的地步。

跟紫苑在一起就會搖擺不定。

憎恨NO.6的一切，想要否定NO.6的心會搖擺不定。

NO.6。

這個世界上最醜陋的都市國家。

不是桃花源也不是神聖都市，那都只是表層的假象，只要撕掉一層薄皮就會露出怪物的模樣。

會吃人的怪物。

為了自己的繁榮不惜破壞周邊國家，也不猶豫滅殺異民族，掠奪、榨取、統治。

有一天必定要打倒它。

對老鼠而言，NO.6是必須親手打倒的對象，是必須讓它從這個世界上消失的存在。

然而在這個醜陋的怪物裡，住著像紫苑這樣的少年。

紫苑接納突然入侵的ＶＣ——代表在NO.6犯下重大罪行的受刑者，幫他治療，給他地方休息，分食物給他，結果導致失去了被選為菁英而能享有的生活。他失去一切卻仍對老鼠說：

「不管給我多少次機會讓我回到那個夜晚，我都會做同樣的事。我會打開窗戶，等著你。」

真誠直白的言語刺中老鼠的心，他有一瞬間直盯著紫苑，連眨眼都辦不到。

紫苑不會說只是安慰的假話，而且大概跟他有關聯的人也不會。

紫苑的母親擔心自己的兒子，卻也深信他會回家，等著他回家。根據派去送信的小老鼠們所說，她似乎會烤好吃到讓人欲罷不能的馬芬與麵包。還有那個偷偷喜歡紫苑的少女。

紫苑的身旁有許多每天認真生活的人們，不玩語言遊戲，不貶低他人，

還保留著自尊的人們。這樣的一群人就生活在那個怪物的裡面。

要是沒有遇到紫苑，根本無法想像這一點。他會憎恨所有NO.6的市民，祈求能夠消滅它吧。

可是遇見了。

可是得知了。

知道了之後，我還能一直恨下去嗎？

搖擺不定、混亂、困惑。

老鼠停下腳步回頭望。NO.6的外牆反射著接近夕陽西下的餘光。帶著深紅色的光線讓他想起火焰。

在遙遠的從前，牢牢印在這雙眼睛裡的顏色。

不是深紅，不是胭脂紅，也不是赤紅，是一種互相混合，只能說是混沌的顏色。

走出雜木林，穿過市場後，那個顏色還是牢牢印在眼底，一輩子也忘不了。

燃燒著。

房子、樹木、抱著剛出生的妹妹的母親，全都燃燒著。

「快逃！」

火焰中的母親大叫。

美麗的頭髮、皮膚、身體都燃燒著。

父親撲向母親，不停揮手撥開烏雲，想要消滅火焰。NO.6的士兵的火焰放射器朝向他們。

火焰噴出。

父親、母親、妹妹都被火焰吞噬，熊熊燃燒。老鼠自己的背後也被劇烈的疼痛與熱度襲擊，倒向地面。

好痛，好熱，好可怕。

好熱，好熱，好熱，好熱，好熱，好熱，好熱。

「快逃！」

父親的嘶吼聲從火焰中傳來。

「快逃，就算你一個人得救也好……」

然後一切崩塌。

老鼠從頭到尾都看到了，應該看到了。

可是他不記得。

他只記得熊熊燃燒的火焰的顏色與咆哮——火焰翻騰而起的聲音就像巨大野獸的咆哮——以及老婆婆的背。

老婆婆背著他跑。

老婆婆的背部都是凹凸不平的骨頭，就算當時年紀小也不覺得她的背部寬闊，可是很強韌，她的背與腳都很強悍。

她巧妙地閃開猛烈的火焰與火焰帶來的強風，躲避NO.6的士兵往前跑，穿過灌木林，跑過野獸走的路，渡過急流。

幸虧有老婆婆的幫助，他才保住了一條命，才能殘活下來。

在老鼠的燒傷痊癒到能走動時，老婆婆馬上開始準備遠行。

「現在必須遠離惡魔。」

老婆婆自言自語地說。

「但是我們一定會回來，回來復仇。」

從只有岩石的荒野到之後變成被稱為西區的低地一帶，老婆婆帶著他一路徘徊，同時也沒日沒夜地訴說。

她反覆地說著「森林子民」最後的模樣，也就是最後被稱為「麻歐大屠殺」，刻印在一部分人們記憶中的蠻橫行為，一直到在西區的地下書庫定居下來後也持續說著。埋頭書堆，一邊聽著老婆婆說話，老鼠就是這樣長大的。他不覺得有什麼不足，只是背後的傷彷彿在附和老婆婆的說話，隱隱作痛，母親的聲音與父親的嘶吼也在腦海中復甦，讓他感到痛苦。

快逃。

快逃，就算你一個人得救也好。

每回想起一次，疼痛感便加劇一次，傷痕痛到無以復加。老婆婆總是沉默地俯視著咬緊牙關忍受痛苦的老鼠，帶著一雙沒有感情的冷漠眼眸。

老婆婆也盡力忍受著。她幾乎要被自己懷抱的憎惡、絕望、悲嘆打敗，

在最危險的邊境與死亡的誘惑對抗著。沒有理由，只是感覺，老鼠捕捉到盤旋在老婆婆內心的想法。

那天夜裡，他們在西區外面的荒地上露宿，是定居下來的前幾天。他們燒起營火，在旁邊睡覺。逃出來後好一陣子，他看到火都會全身僵硬，當時的顏色，當時的咆哮，當時的嘶吼貫穿身體，傷痕再度燃燒。

然而不到一年恐懼就消失了。

要取暖、要烤肉都需要火，如果害怕就只有凍死一條路了。

而且老鼠領悟到了。

可怕的不是火而是人類。

他與老婆婆約定好睡幾小時後，換他起來顧火。老婆婆說：

「你就睡到天亮，東方的天空變白吧。不用顧慮我，老人家不需要那麼長的睡眠。」

在老鼠墜入夢鄉前，老婆婆罕見的面露微笑，將枯樹枝丟進火堆裡。火焰發出輕柔的聲音，不是咆哮聲，而是像老鼠的鳴叫聲。

老鼠醒來時，東方的天空依舊漆黑。他緩緩起身，環顧四周。

他聽到啜泣聲，就是這個聲音吵醒他的。

營火還燃燒著。

火光搖曳。

「老婆婆……妳怎麼了？」

老婆婆曲著身子，雙手掩面，哽咽著哭泣。那是老鼠第一次看見老婆婆的眼淚。

他坐著往老婆婆的身旁移動，伸手放在她的膝蓋上問：

「怎麼了？肚子餓了嗎？還是哪裡痛呢？」

老婆婆沒有回答，只是繼續潸然淚下。

「老婆婆，到底怎麼了？妳不舒服嗎？很痛苦嗎？」

老鼠搖晃老婆婆的膝蓋。

在這個廣大的世界裡，他能依靠的就只有這個人了。

他希望她不要哭。

老婆婆，請妳不要痛苦，不要難過。

「對不起……」

啜泣聲停止了。

「我實在是……忍不住了……」

「告訴我妳怎麼了？妳還好嗎？」

老婆婆伸手摸了摸老鼠的頭。

「我懷念的故鄉就在附近，可是……麻歐森林的大半部都消失了，惡魔的都市取代了森林，我生長的那片森林，你父母生長的那片森林，你生長的那片森林只剩下一小部分，而那一小部分我們甚至連踏入都辦不到。它就在附近……就在距離我們這麼近的地方啊……」

「老婆婆……」

老鼠伸出指尖觸碰老婆婆的臉頰，抹去她的淚水。淚水滾燙到令他驚訝。

「別哭，不能哭，哭泣會讓心也變得軟弱。」

老婆婆點點頭，望著老鼠的眼睛說：

「我來教你唱歌。」

「唱歌？」

「對。你母親是麻歐第一的『歌者』，很久以前我也是，教你母親唱歌的人就是我。」

「你也要教我嗎？」

老婆婆凝視著老鼠的眼眸，再度深深點頭。她已經不哭了，淚水乾掉的眼眸比頭頂上的夜空還要暗，黯淡的眼眸裡倒映出營火的火焰。

「你很適合當『歌者』，你還記得你常常跟母親到森林裡去唱歌嗎？」

老鼠搖搖頭。

所有的一切都在火焰中毀滅的那一天，以及那一天以前的記憶全都模糊不清，他無法清楚回想起任何一件事。

「只不過……我記得聲音。」

「聲音？」

「我記得有個聲音，那個聲音說：『我教你為了生存下去的歌。』」

過來我這邊。

我來教你唱歌，教你為了生存下去的歌。

妳沒聽過那麼說的聲音嗎？

老婆婆瞠大眼眸，嘴角扭曲地問：

「那是……你母親的聲音嗎？」

聽到這個問題，老鼠沉默了一會兒。他想不起母親的聲音，那句「快逃」纏住他，也掩蓋住母親的歌聲與笑聲。只是就算想不起來，他仍然可以斷言。

那不是母親的聲音。

「不是，那……不是人的聲音。」

「這樣啊……」

扭曲的嘴角吐出嘆息。

「這樣啊，原來你已經知道了嗎？」

「嗯？我不知道啊，我覺得聽見那個聲音好像在作夢一樣。」

打瞌睡時作的夢，或許只是夢中的幻覺。可是老婆婆緩緩搖頭說：

「那不是夢。你是『歌者』，森林之神選中了你。」

「森林之神……」

「沒錯，就是森林本身，祂為森林子民帶來恩賜與敬畏，總是待在我們身旁，守護我們，疼愛我們，偶爾會給我們懲罰，破壞及毀滅。」

破壞及毀滅？指的是那場大火嗎？

全部燒毀，全部掠奪，讓一切成空。

「不是。」

老婆婆似乎敏銳地察覺出他未說出口的話。她用力地搖頭，彷彿要甩開什麼似地說：

「不是那場大火，那是人類幹的事，人類的惡意與欲望帶來的災難，跟森林之神的毀滅不一樣。」

老婆婆將枯枝丟進營火中，火焰只微微變旺了一點。眼前的火是溫柔的，帶來溫暖與煮食所需的熱能。

「惡魔都市的人燒毀森林，讓森林之神的居所化成灰。」

「森林之神在那時也死了嗎？」

「森林之神不會死，祂不會被人類殺死。惡魔都市的人們不知道森林之神，不瞭解祂的可怕，也從未試圖瞭解過。」

「名字是NO.6。」

「什麼？」

「那個都市叫做NO.6，我聽人說的。」

「聽誰說的？」

「旅人，他說他是樂師。」

他在荒野撿樹枝時遇見身穿白色裝扮的集團，每個人背上都綁著白色袋子。

樂師對他說，這個世界上有六個都市國家，人們集中在都市國家的裡面與周邊，在那裡生活。NO.6是其中最豐腴也最美的一個封閉式都市。

「你的聲音很好聽。」

騎在馬上的樂師這麼說。樂師有一雙淡茶色的眼眸，與荒野的泥土很相似的顏色。

「非常好聽的聲音，只要經過訓練，一定能成為一流的歌手吧。怎麼樣，小子，要不要跟我們走？」

說沒有心動是假的。

帶著樂器與歌聲在這個世界流浪，沒有憎恨，不被記憶折磨，隨心所欲地歌唱、奏樂、跳舞。

他心動了。

湧起一股全身浸泡在清冷的水流裡的快感。然而他後退半步，搖了搖頭。

他無法拋下老婆婆去任何地方，不，更重要的是，他無法饒恕那個都市，就這樣活下去。他不可能放下仇恨。

「是嗎？那太可惜了。」

旅人樂師嘆了口氣，在馬上彎著腰說：

「或許有一天我們還能有緣再見。你跟我們一樣，不會停留在一個地方，會四處遊蕩，你也是這樣的人。呵呵，別看我這樣，我看人的眼光可是很準的。」

適合彈奏樂器的細長手指撫摸馬的脖子。腳粗，體型結實的沙漠馬發出嘶鳴，快步往前衝出去。

一行人消失在飛塵的另一頭，隨即不見蹤影。

「NO.6。」

老婆婆凝視著營火，嘴裡喃喃地說：

「叫什麼都好，那個都市跟住在那個都市裡的人類終有一天會滅亡，森林之神絕對不會饒恕他們。」

樹枝燃燒。

在火焰的照耀下，老婆婆的側臉在黑暗中浮現。

「森林之神不會饒恕他們，終有一天他們會得到懲罰。」

「如果是那樣，我們還需要復仇嗎？」

這份憎恨，那份嘶吼的記憶，全都能捨棄嗎？

「不，我忘不了，無法捨棄。我……也許看不到了，我實在太老了，大概無法親眼看到神的裁罰，所以我要用我這一雙手報仇，就算只是刺一刀也好。」

老婆婆遵照自己說的話去做了。

她拿著刀走向到監獄視察的市長，結果非但沒刺到一刀，甚至連劃破對方的衣服都做不到。她握著刀當場被槍殺，在趕來的老鼠懷裡斷了氣。老鼠本身沒有當場被殺幾乎算是奇蹟了。

老鼠被抓了之後被關進地底下，遇到了自稱「老」的男人。也不知道他是否跟老婆婆有聯絡，總之「老」知道老鼠的一切，也接受他的一切。

「我會把我的知識全部傳授給你。」

老說。

他說的話跟神的聲音好像。

老鼠突然這麼覺得，有些好笑。
那是遇見紫苑兩年前的事情。

老鼠停下腳步，仰望天空。
陽光早已失去力量，逐漸萎縮。
西區的白天短，夜晚來得早。高聳的NO.6遮住天空，太陽只有短暫的時間照耀這片大地。
NO.6連天空都掠奪。
貪心地啃食著這個原本應該不屬於任何人的世界。
他試著輕輕按了按背部。
到現在仍偶爾覺得痛。
燙傷之處疼痛，彷彿在命令他不可遺忘。
不能忘、不能忘、不能忘、不能忘、不能忘、不能忘。
他忘不了。

他不可能忘得了。

他恨NO.6。

NO.6殺了父親、母親與老婆婆。

燒毀森林，虐殺森林子民。

為了自己的繁榮連人命都踐踏。不願意共存，就算是站在無數的死者之上，也希望只有自己君臨天下。

只為自己的繁榮，只為自己的幸福，只為自己的享樂。

怎麼有如此可怕的存在？

可恨。

讓人窒息的憎恨盤旋著。可是……

紫苑也曾是那個都市的居民。

對老鼠而言，NO.6的所有一切應該都是他憎恨的對象。不單單只是統治者，連什麼都不知道，也放棄努力求知，只是什麼都不想地生活著的市民也很可恨。

可恨？是嗎？那麼你能恨紫苑嗎？

老鼠自問。

我能徹底恨紫苑嗎？

每次自問都好苦，讓舌頭麻痺的苦澀在嘴裡擴散。

明明這麼恨，明明這麼痛，我對紫苑卻……

步出的腳步停下了。

他聽到旋律。

仔細聆聽，確實聽到了。

老鼠加快腳步。

在轉角轉彎。一彎過去就是到處都是岩石的野地，而這片野地的角落有一座小劇場，那就是老鼠工作的地方。

一名男子靠坐在偏白的大岩石上，正在彈奏弦樂器。他穿著的長版上衣與在腳踝打結的長褲都很髒，顏色也褪了，幾乎無法辨別原本的顏色，不過他手上拿著的樂器卻是令人驚豔的好東西。

讓人聯想起茄子的倒卵形琴體上拉了四條弦，微弱的夕陽照射在琴體上，閃閃發亮。仔細一看，發現上面鑲嵌著雕刻著纖細圖紋的小小金、銀及朧銀。

不可思議的音色。

靜靜地，很清澈，所以聽起來很悲傷。它輕輕地撫慰著心底深處的悲傷，不是挑撥，而是輕柔地愛撫。

是這樣的音色。

男子抬起頭，與老鼠四目相對。

是那名樂師嗎？遙遠的從前曾邀請老鼠一起流浪的那名男子嗎？

看起來像卻又彷彿是另一個人。

男子撥動琴弦。

旋律響起。

老鼠配合旋律開始擬聲吟唱，他無法不那麼做。男子的旋律與老鼠的歌聲混合在一起，緩緩流瀉，彷彿開始泛白的天空，又像花瓣盛開的花朵，更

如同藍天下的大河般流動。
好舒服。
身體變得輕盈，風徐徐吹來，乘著風飛上高空。
忽高，忽低，飛舞，翻身、迴旋、上升。
男子停手，老鼠也噤口。
「別停。」
傳來女子的聲音。
「再繼續下去。」
也傳來男子的聲音。
不知不覺聚集了大批人群，圍繞著兩人。
居然沒察覺來了這麼多人嗎？
老鼠霎時冷汗直流。
平常他對來自背後的動靜特別敏感，就算只是一名孩童的腳步聲他也會立即有反應，一顆小石頭滾動的聲音他也能捕捉到，因為不這樣他活不下來。

若說有什麼例外，那也只有紫苑，只有紫苑的氣息他偶爾會漏掉。原因不明，就是會捕捉不到。

「再彈給我們聽。」

「唱吧，唱吧。」

「再表演一次剛才那首曲子。」

男子抬頭望著老鼠，露出燦爛的笑容問：

「如何，年輕人，要再來一節嗎？」

「不，時間似乎到了，煩人的工頭來了。」

「喂，伊夫。」

手腕被抓住。老鼠一邊回頭，一邊巧妙地掙脫。

「嗨，經理，你還是這麼帥氣啊。」

穿著紅色西裝，打著蝴蝶領帶的劇場經理雙手扠腰，大字形地站著，一臉非常不爽的表情斥責道：

「你居然在這種地方唱歌，你到底在想什麼？這些傢伙一毛錢也不會付，唱歌給不是客人的傢伙聽做什麼？真是的……嗯？有什麼好笑的？」

「沒有……只是我覺得你不是也聽到入迷了嗎？」

「胡、胡說，我只是看你怎麼遲到這麼久，所以出來看看而已。沒想到你居然辦起露天演唱會了，真是的，要做可以賺錢的工作，賺錢！」

經理拉拉自己的八字鬍，然後對著男子露出諂媚的笑容問道：

「對了，我看你的樂器彈得很好呢，如何，要不要來我這裡工作？你的演奏加上伊夫的歌聲，一定會獲得廣大好評，絕對會湧進大批觀眾。」

男子沉默地搖搖頭。拒絕的動作。

「為什麼？啊，我會付你充分的演出費的。」

「真想你也對我說那句話。」

「伊夫，別開玩笑了，我不是每次都付你很多嗎？」

「哦，是嗎？原來經理對於多的感覺跟我相差這麼多啊。」

男子靜靜地起身，悄悄地靠近，在老鼠的耳邊問：

「你也是風嗎？」

風？

「隨心所欲吹拂過這片大地的風，不停留在某處，不在某處扎根，跟我們一樣。」

老鼠窺視男子的眼眸。

是淡青色的。

不是那名樂師嗎？

「你唱歌，我們演奏，就是這樣的人。然而為什麼你會停留在這裡呢？為什麼不能像風一樣自由呢？你被什麼困著，綁住了腳步呢？」

男子拉開距離。

他再度撥了一下弦，之後便將樂器收進袋子裡，背在肩膀上。

「早點恢復自由吧，年輕人。」

老鼠無言以對，只能目送男子的背影。

被什麼困著，綁住了腳步呢？

我是否能有切斷這條鎖鍊的一天呢？切斷名為恨意的鎖鍊，切斷名為紫苑的鎖鍊，獲得自由。

選擇這樣的方式活下去的那一天……

一定會到來。

要說再見了，紫苑，還有，NO.6。

「好了，散場了，散場了，想聽伊夫的歌聲就帶錢來劇院，今晚會有大型演唱會。」

耳邊響起經理粗啞的聲音。

老鼠呆立著，任憑風吹拂過他的髮梢。

3 紫苑的生活

下雨了。

下著細雨，幾乎接近霧的狀態。

即使如此，雨還是雨，夜晚的街道與沒有撐傘的人們，在不知不覺中也淋濕了。

走進家門前，紫苑先用手稍微梳了梳頭髮，水滴從富有光澤的白髮中滑落。

看來淋濕的程度超乎預期。

早春夜裡的寒氣從腳底竄起，如果不趕快保暖，可能會感冒。

明明了解這個道理，然而紫苑卻站在門前一動也不動。身體冰冷，心情沉重，見到母親火藍讓他難過。

後門是一道木門，油漆已經處處剝落，看起來非常老舊。紫苑曾多次提

議要換新門，可是每次火藍都搖頭。

「這樣就足夠了，你看，這麼扎實又堅固，而且不是別有一番風情嗎？比起那種閃閃發亮的金屬門，我更喜歡這種門。」

母親考慮到費用，也或許她不是討厭施工的繁瑣，而是真心喜歡舊後門。既然母親這麼說了，紫苑便不再提換門之事。

的確，厚重的喬木門是有一種色彩鮮艷的時髦鐵門沒有的味道，圓形黃銅門把也沒有鬆脫。

這道門從紫苑跟火藍從特權階級的居住地「克洛諾斯」搬到下城居住時開始就沒有變過，不過這棟房子本身也沒有什麼改變就是了。（其實他們是被趕出「克洛諾斯」，不被允許住在下城以外的地方，只是很不可思議的，紫苑跟火藍都不懷念住在「克洛諾斯」的日子。）

NO.6這個都市國家崩毀已經過了一年了，至今仍有殘餘的混亂，原本住在NO.6的居民與住在NO.6外面的居民都還在摸索如何面對失去牆壁後的新局面。

（牆壁）「內居民」與「外居民」的稱呼已經固定，彼此好像語言不通的外國人似地互相窺探。「內居民」發現自己其實被巧妙地牢牢統治著，但是在歡慶脫離管理社會的同時卻也不想放棄過去富裕的生活，主張不願意這種生活受到侵犯。「外居民」彈劾成立於榨取之上，藉此繁榮的NO.6的罪行，強烈要求平等的財富分配與對過去被欺凌的日子的補償。

目前以重建委員會為主，負責處理NO.6（當然也有主張應該考慮更改為新都市名稱的意見，只是目前沒有人有餘力去探討名字的問題，再加上跟別的都市之間也有往來，因此方便上還是稱呼NO.6為NO.6）的秩序保安與行政、司法、立法機構的迅速確立，以及生命線的確保等問題。

暫且先善用NO.6的統治機關，將西區設為特區，盡速設置生活不可欠缺的供給系統的設備，並建構因應軍隊解體與維持治安所需的臨時警察機構。

重建委員會的成員有十二名，由前NO.6居民與各區代表組成，委員會之下還有十二個小委員會，並設置委員長。

紫苑是重建委員會中最年輕的成員。

這一年。

什麼都變了，彷彿怒濤，有如濁流，更似雪崩，將一切吞噬、捲成漩渦、擊碎並搗毀。今後應該會更激烈吧。

紫苑深呼吸，依序凝視老舊的門、斑駁的黃銅門把與照射出淡淡亮光的小窗。

也有不變的東西。

無論人世間如何轉變，必然有不變的東西存在。人的內心也是，外在也是。

我希望你能一直是紫苑。

老鼠的話在腦海裡響起。

戰鬥吧。

跟自己戰鬥吧。

不是命令也不是指示，是哀求。

老鼠講出那句話，乞求紫苑。

紫苑，無論發生什麼事都不要變。

自己能回應老鼠暴露出的心願嗎？

紫苑閉上眼睛。

市場的風景浮現眼前。那個市場如今已經變成自由市場，經過整修，販售過去的市場根本無法比擬的各式各樣新鮮又豐富的商品，連火藍都常常去那裡買菜。

「那裡比市區的商店便宜兩、三成啊，雖然外型難看，可是味道卻是最好的。」

昨天也看著自己買來的變形蘋果與彎曲小黃瓜，愉快地笑著說。

母親不知道。

那個市場曾進行過「真人狩獵」，NO.6的軍隊毫不留情地射殺人群，從額頭、從胸前，沒有一絲猶豫。

到處都是人們絕望、恐懼與悲哀的呼叫聲，濃濃的血腥味瀰漫四周，遍地屍體。瓦礫下伸出的手，裝甲車壓碎被扯斷的腳，軍靴踩過還未斷氣、哀求救命的人。

那之後是紫苑親眼看到的地獄繪圖的第一卷。

母親不知道那些事。

很高興她不知道。

一閉上眼睛，那天的那個風景即如實地浮現眼前，沒有一絲褪色。

並非只有市場，被推上卡車的人們的表情、懇求早點讓他死去的男人的眼神、重疊的屍體與纏繞著的屍臭、在大火中崩塌的監獄的牆壁、盤旋在NO.6上空的黑煙，這些都忘不了，都成了這輩子無法抹滅的刻印，永遠不會消失……

還有自己的食指扣了槍的扳機的事，以及不是偶發，而是主動地殺了一個男人的事。

睜開眼睛，仰望夜空。

當然沒有星星也沒有月亮。

雨滴滑過臉頰，從唇邊流過。

啊啊，我活著。

突然有活著的感覺，自己正活在當下的感覺，赤裸裸地感受到，幾乎要不能呼吸了。真想吶喊。

我活著，我活著，我活著，我活著，我活著。

老鼠，我活著。

紫苑朝著沒有光的天空說。

我活著等你回來。即使在地獄般的光景中，我仍受到你的眼睛、你說的話、你的行為舉止、你的想法吸引。這些支撐著我，我才能活下來，然後活在現在。

你聽到了嗎?老鼠。

我活著。

響起狗激動的叫聲。從家裡傳來。

咦？狗？啊！該不會是……

意識從過去被拉回現在，同時心跳加速。紫苑推開家門。

狗吠聲衝過來了。不是威嚇也不是警戒，而是參雜著歡喜與撒嬌的叫聲。一隻斑點狗邊叫邊衝過來，尾巴左右激烈搖晃，鼻頭用力往紫苑腿上壓，黑色的眼睛裡布滿了吠聲無法表達的歡喜。

「嗨，狗還是這麼喜歡你。」

「借狗人！還有力河大叔。」

坐在沙發上的力河故意皺著臉說：

「喂，紫苑，你在這個狗小子後頭才叫我，太沒有禮貌了吧？一般不是應該大叫『啊，力河大叔！』，然後撲上來嗎？跟這隻狗一樣。然後才是『原來借狗人也來了啊』的感覺嗎？」

「呵呵呵！」

借狗人露出牙齒大笑。

「什麼沒有禮貌啊，對我跟大叔不需要講禮儀吧？就像我的狗不需要皮草大衣一樣。呵呵，禮儀又無法填飽肚子。」

「閉嘴，別把我跟你這種半獸人混為一談，我可是不折不扣的人類，不折不扣的紳士。」

「紳士？紳士指的是沒有酒沒有女人沒有錢就活不下去的人嗎？哦，原來如此，我都不知道，什麼時候變成這種意思了呢？真可悲啊。」

借狗人表現出悲哀的樣子，長長地嘆了口氣。

紫苑笑了出來。

好久沒聽到借狗人跟力河大叔的對話了，也好久沒有由衷發出笑聲了。

「你們兩個人還是這樣，都沒變。」

「這小子明明是隻狗，卻自大得不得了，對我做的每一件事都到處找碴。」

「大叔明明是人類卻單純到蠢啦，沒兩下就惱羞成怒，真的發起脾氣來了，實在是看不下去了，我看狗還比你有智慧呢。不過，狗的智慧跟心腸本來就勝過人類好幾倍，而且大叔說是人，其實還比較像猿。」

「是啦，是啦，我就是猿，所以看到狗我就不爽到無法控制，很想咬死牠們，吼！」

力河舉起雙手襲擊借狗人。借狗人嗤笑，敏捷地避開。

「哎呀，這裡真熱鬧。」

火藍走進來了。倏地，力河停住了，清了清喉嚨後坐回沙發，接著拍了拍三件式西裝的西裝背心，臉上浮現討好的笑容。

「不過請你們安靜一點。」

火藍輕輕搖晃懷裡的嬰兒，他似乎已經熟睡了。

「紫苑。」

「紫苑，別那麼大聲，紫苑好不容易才剛睡著……哎呀，好繞口喔。」

小紫苑用一條已經看不出顏色的舊毛巾包著，發出沉睡的呼吸聲。長長的睫毛形成影子，豐潤的嘴唇半開著。如果幸福是有形的，那麼這張睡顏便是幸福，讓見到的人都能得到幸福。

「他好像比我之前看到的時候又更大了。」

「不是好像，是確實長大了，他現在已經可以跟狗跑著玩了，再過不了多久，連排骨的骨頭都能啃了。」

借狗人瞇著眼睛輕輕親吻小紫苑的額頭。

「借狗人，你真的很會養小孩。」

火藍面露微笑地說。

「我也看過許多嬰兒，不過這好像是我第一次見到有如此幸福的睡顏的嬰兒呢。」

「妳真的這麼認為嗎？火藍媽媽。」

「是啊，我真的這麼認為。他由衷信賴你，你也真心回應他的信賴。真令人羨慕的親子。」

借狗人褐色的臉頰微微發紅了。

「我的狗把小紫苑叼來給我的時候，老實說我很生氣，我想當作沒看到，不想理會。嬰兒只會礙手礙腳，我甚至怨恨把麻煩的包袱丟給我的紫苑。」

「……抱歉，我知道這麼做很自私，可是我也只能託給你了，我認為你是值得我託付的人。」

借狗人黑色的眼眸轉向紫苑，問道：

「紫苑，那表示……」

「嗯？」

「你相信我，是嗎？」

「是啊。」

紫苑點頭。

這不是謊話也不是誇耀。

在「真人狩獵」最混亂的時候，從年輕的母親手中接過嬰兒時，紫苑的腦海裡只浮現借狗人，他只想到借狗人。

借狗人一定會想辦法，他一定會全力守護這條小生命。借狗人一定會。紫苑這麼認為。

借狗人得意地露出笑容，豎起手指轉了轉說：

「你信任我，我回應你的信任，就是這麼一回事。」

「你說得沒錯，應該是。」

老鼠應該也會這麼做，信任你，託付給你。

紫苑吞下這句話，緊閉雙唇，不知道為何，他此時此刻不想提到老鼠的名字。

「喂，等等，紫苑，你的意思該不會是信任這個狗小子多於我吧？」

「啊？呃、不是……不是那個意思，只是、那個……一時無法將力河大叔跟嬰兒聯想在一起。」

「那是當然啊，要是託付給大叔，大概隔天就被賣掉了吧，剛出生的嬰兒可是能夠賣到很好的價格呢。」

「什麼，你在買賣嬰兒？」

火藍的臉色刷白了。力河不停地揮著手說：

「不、不不，火藍，那、那種事我怎麼可能做？實在是沒有分寸的玩笑話。這小子總是講這種沒有分寸的玩笑話，真傷腦筋，妳不要對他說的話太認真了。」

「……是啊，你怎麼可能會買賣嬰兒，你不可能做那種事的。」

「沒錯。」

力河挺起胸膛說：

「火藍，這點請妳一定要相信我，我在舊西區做很多生意，其中也有那種……不太好，嗯，不好的生意，那的確有。」

借狗人聳聳肩說：

「應該說幾乎全都是那種的吧，發行色情雜誌可能是裡面最正經的一項了。」

「閉嘴，你安靜一點，到旁邊去啃雞骨頭吧。火藍，妳聽我說。我絕對不會對小孩跟嬰兒出手，我不做把弱小者當食物的生意，這是真的，請妳相信我。」

火藍的視線從懷裡的小紫苑轉向力河，說：

「當然，我當然相信你，你不可能把年幼者當作賺錢的對象。」

「火藍。」

力河的臉頰泛起紅潮，往火藍靠近一步說：

「謝謝，只要妳相信我，我覺得不需要任何人的支持了。」

「哎呀，力河。」

火藍後退半步，面露溫和的笑容說：

「以前的你不是會講這種場面話的人啊，而是更木訥，對自己說的話更慎重。」

借狗人吹了個口哨，說：

「哇，不愧是火藍媽媽，講到重點了，什麼『只要妳相信我』啊，現在連三流小說都看不到這種台詞了。」

「根本沒看過小說的狗小子，別亂插嘴。」

「比你被酒醃過的腦漿優秀多了。」

「你說什麼！」

「怎麼，你不服嗎？」

力河與借狗人互相睨視。

「你們兩個別吵了。紫苑，你怎麼不阻止他們，反而一直笑呢？」

火藍在沙發的陰影處彎下腰，那裡有一個搖籃，她輕輕將小紫苑放下。

搖籃是籐製的，沒有任何裝飾，非常簡樸，不過也因此整體帶著圓潤，外型很漂亮。雖然看起來非常老舊，不過幾乎沒有損傷。

旁邊掛著金色的小牌子。

「給最愛的兒子，紫苑。」

牌子上刻著這樣一句話。

「咦？媽媽，這是……」

火藍輕輕搖著搖籃。

「對，這是你小時候用的東西，我想你應該不記得了。」

是嗎？

我好像記得搖啊搖地聽著溫柔的搖籃曲……

「沒想到還有機會拿出來用，幸好搬家的時候我堅持帶過來了。」

搬離「克洛諾斯」的住宅時，能帶走的家具與餐具受到嚴格的限制。那原本也是因為紫苑被認定為菁英才配給的房子、家具、照顧與富裕，最佳的居住環境。

當菁英的資格被剝奪的那一刻，NO.6給予的一切全都必須歸還，火藍與紫苑從「克洛諾斯」搬到下城的私人物品出人意料地少，其中有搖籃嗎？不，沒有，如果有搖籃，他不可能沒看到。

「我瞞著你後來又去搬回來的，收在倉庫的閣樓裡。」

「為什麼要瞞著我？」

火藍停下手回答說：

「因為這個……是你父親親手做的。」

氣息凝固，呼吸道阻塞。那道氣息吐出的同時，聲音也傳了出來：

「啊？父親？」

「對，你的父親為了你親手做的搖籃。」

火藍噘起嘴，視線偏離紫苑。

「父親他……是工匠嗎？」

「不是，他的本業是地質學者。他應該是很優秀的人才，甚至被選為再生計畫團隊的一員。」

再生計畫團隊。

為了將NO.6建造成這個世界上的樂園、桃花源，由被選中的人才組成的團隊。

希望能成為NO.6的絕對統治者的市長、企圖掌握森林女神愛莉烏莉亞斯的科學家們，以及那個老，都是團隊的一員。

他們各自的志向與未來變質、背離，老成為地底下的人，而NO.6變成了怪物都市，然後往瓦解的路前進。

原來父親也是其中一員嗎？

驚訝。除了驚訝還是驚訝。

「媽媽，可是……我的父親在女性關係與金錢方面都很亂，還差一點酒精中毒，是一個無藥可救的男人，但也非常溫柔，非常誠實……妳以前是不是這麼說過？」

「我是說過，因為他就是那樣的一個人。」

火藍的嘴噘得愈來愈高，簡直像個生悶氣的小孩。她接著說：

「錢有多少就花多少，整天喝酒，看到喜歡的女孩就不顧一切跟對方交往……跟我結婚後也交了幾個女朋友……」

「跟妳結婚後還交女朋友？可惡的男人，不可原諒。」

力河握緊拳頭，怒目橫眉地說。

「真的，就跟你一樣自甘墮落的傢伙。」

借狗人也附和著說。

「喂，狗小子，我哪裡自甘墮落了？我是因為單身，所以跟女……女性遊戲人間，可是一旦結婚……」

力河瞟了眼火藍，輕輕吁了口氣說；

「我會一輩子愛著對方，跟她攜手偕老，怎麼會看別的女人一眼呢！啊，當然酒也會戒掉。這也許不是我自己該說的話，不過我可是一個很適合家庭的人喔，真的。」

「別開玩笑了，要說你會是理想的結婚對象，比我的狗成為一流的廚師還要不可能。」

在力河還想反駁前，借狗人轉向火藍說：

「但是，火藍媽媽，很難想像紫苑的父親是那樣沒有責任感的人，性格差太多了。」

「是啊，不過他是一個手非常靈巧到令人驚訝的人，紫苑似乎遺傳到這一點了。其實這個也是。」

火藍輕輕翻開小紫苑的毛巾。小紫苑穿著乾淨俐落的白色有領襯衫，領口與胸前口袋的邊緣有藍色刺繡點綴，是很鮮豔的藍色。

「這也是他親手縫製的，嬰兒服跟口水巾也都是。這是他離家前幾天縫製好的，跟一張寫著希望紫苑一歲生日時能幫他穿上的信一起放在桌上。我在你一歲生日那天幫你穿上了，雖然有點大。不過倒是很適合這一位紫苑。」

這是第一次聽母親詳述父親的事，母親不說，紫苑也就沒有問，他很理所當然地接受沒有父親的日子。

在女性關係與金錢方面都很亂，愛喝酒，是地質學的專家，再生計畫團隊的一員，有一雙驚人的巧手，在紫苑出生後沒多久就離家出走了。

紫苑望向搖籃，裡面有一名跟他同名的嬰兒正睡著。他摸了摸藍色刺繡的襯衫。

這是父親留下來的嗎？

紫苑悄悄窺探火藍的側臉。

母親認識位居NO.6中樞的那些人並非只因為老，同時也因為父親是同一個再生計畫團隊的成員，同樣在心中懷有相同理想，年輕時候跟那位市長與那些科學家們相處過。

「那麼紫苑的爸爸會離家出走，真的是因為那個……女性問題的關係嗎？」

借狗人探出身問。

「喂，別探究別人家的隱私。真是的，太沒品的小子了。」

「嘖，少講我，你自己還不是很想知道。呵呵，裝模作樣真好笑。」

借狗人故意把牙齒弄得咯吱咯吱響。或許是被猜中了吧，力河雙頰發紅，不發一語。火藍似乎不在意借狗人露骨的說法，也沒有不想談的模樣，淡淡地接著說：

「或許那也是間接的原因之一吧。當時的我也很年輕，因此心裡也抱著隨便他的態度，然而自從紫苑出生後，他開始變了，他沉迷於照顧剛出生的兒子，有一段時間連酒也不喝了，甚至斷絕跟外面的女人的來往……雖然酒的部分沒幾天就又開始喝了。這樣下去他真的會變成負責任的好爸爸、好丈夫，我內心非常開心。所以他會離家出走並非因為女性問題……是有別的原因……」

「NO.6的變質。」

紫苑的一句話讓火藍不停地眨眼。她問：

「你知道？」

「可以猜得出來。」

在NO.6成為都市國家，絕對的管理國家的過程中，有好幾個人脫離再生計畫團隊。有的人是有目的地被排擠，有的人是自己離開。雖然只是臆測，然而應該也有被視為阻礙而被暗殺掉的人，就算有，也不是什麼不可思議的事。

「對於NO.6在架構都市機能的過程中慢慢地……不，是以相當快的速度變質之事，他很困惑。是啊，他覺得可疑，卻又不知道該怎麼辦，更或許他是覺得害怕，他常常唸著：『不應該是這樣，太奇怪了』。然後某天……紫苑出生還未滿一個月，他要我跟他一起離開NO.6，還說：『現在還來得及離開，不然馬上就無法逃離這個都市了』。他當時的表情非常嚴肅，我想那個時候他已經放棄NO.6了吧，他企圖說服我，說：『我在這裡活不下去，要窒息了，有一天我會自己結束自己的生命，或者在那之前就被殺了吧。所以在變成那樣之前，我們三個人一起遠離NO.6，去一個沒有人認識我們的地方生活吧』。」

「可是媽媽妳沒有答應。」

「沒有。」

火藍深深嘆了口氣。接著說：

「我拒絕了，我告訴他我無法跟他一起走。我實在無法相信他。」

彷彿紫苑的目光太過灼熱，火藍低下頭繼續說：

「我問他離開NO.6之後要去哪裡？他回答我說不知道，然後很開心地笑著說……像風一樣隨興流浪也不錯吧。我們帶著一個出生未滿一個月的嬰兒耶！除了六個都市國家之外，這個世界上只剩下荒地與些餘的草原，要一個嬰兒經歷這種殘酷的旅行，我實在做不到。我覺得待在NO.6至少不用受到飢餓與疾病的威脅，我真的不認為他能代替NO.6照顧我們母子，我無法相信他。」

火藍再度嘆氣，她今天不知道已經嘆了多少次氣了。她感嘆地說：

「那天的選擇是否正確……我不知道，然而我不曾後悔過沒跟他走。當時的我已經依賴著NO.6，想要依賴著NO.6生存了。雖然我一直沒有察覺這個事實……他早就嗅到NO.6的腐爛，而我卻一直沒察覺，這讓我……非常懊惱。」

「所以妳現在完全不知道父親的去向。」

「是啊，我不知道，甚至連他是生是死我都不清楚。不過照他的個性，現在應該過著自己想過的生活吧。」

火藍的聲音略顯低沉地接著問：

「紫苑，你想見你父親嗎？」

「不想……自我懂事以來我就只有母親，所以我沒有懷念或思慕之情，只是有些不可思議。」

「不可思議？」

「妳突然跟我說父親的事讓我覺得不可思議，過去妳不曾提過。」

火藍的嘴唇動了動，話卻沒有出口。一時之間氣氛沉默了下來，安靜到能清楚聽見小紫苑沉睡的呼吸聲。

「火、火藍。」

力河唐突地起身問：

「那、那個、妳還、呃、想著之、之前的丈夫……還在、呃、那個、等他回來嗎？妳現在還有、呃、那個、就是說那樣的心情嗎？還是說妳沒有在等了，不再拘泥了，就是、呃、那個、這個、就是嗯……」

「大叔，你說的是哪國話？剛出生的小狗都表達得比你好耶。嘖。」

趴在借狗人腳邊的斑點狗半睜開眼睛，接著打了個呵欠。火藍微笑著回答說：

「我沒有在等，力河，對我而言那個人已經是過去的人了。當然我還是希望他平安地活著。」

了解到這一點，力河的臉上滿是喜悅。借狗人低喃著：「真是易懂的男人」。

「就是說啊，人不能被過去束縛，要展望未來。比起昨天，明天更重要。」

「是啊，一點也沒錯。」

「對，就是這樣，妳、妳也是這麼想的吧？那個……所以呢，火藍，比起過去一起生活的人，未來能一起生活的人、那個、呃、應該是更重要的吧？」

「是啊，是更重要，我很清楚這一點，因此今晚才招待你來晚餐，我一直想跟你一起吃飯。」

力河發出類似「喔喔」還是「啊啊」的聲音後說：

「火、火藍，是這樣嗎？妳、妳也覺得我重要。」

借狗人抓住力河的外套說：

「大叔、大叔，抱歉打破了你的美夢，不過今天我也被邀請了，不是只有你一個人，這點請不要忘記。」

力河露骨地皺著眉頭，彷彿在驅趕蚊蟲似地揮揮手說：

「噓、噓，你快帶著那隻癩痢狗滾出去，不用講我也知道，一定是你貪吃火藍的料理，沒有叫你你就自己厚臉皮找上門來了。」

「真不湊巧啊，我也是正式受到邀請的喔。對吧，火藍媽媽？」

「是啊，當然囉，借狗人跟力河都是紫苑重要的夥伴，也是我很重視的朋友，我一直想找你們兩個人一起來吃飯，雖然沒有什麼好東西，不過現烤的麵包很多，還有我自製的果醬跟花了長時間熬煮的燉牛肉。你們再等等，我馬上準備。紫苑，來幫忙。」

「嗯。」

火藍打開通往廚房的門走出去，麵包與燉牛肉的香味飄進來，分別刺激著鼻腔，借狗人的鼻子迅速動個不停。他說：

「我也來幫忙，白吃東西不是我的個性。嘿嘿，有現烤的麵包跟燉牛肉喔，光聽就流口水了，這個香味太棒了，肚子咕嚕咕嚕叫了，對吧，大叔，肚子餓了吧？咦？……大叔，你怎麼了？眼睛都失焦了，你在發什麼呆啊？」

「……夥伴、朋友……」

「什麼？」

「火藍說我是夥伴，我是朋友……我對火藍而言不過是一名夥伴與朋友嗎……」

紫苑與借狗人面面相覷。借狗人不解地說：

「嗯……『我們當好朋友』是常見的好人卡，如果是狗，會直接說『我討厭你的毛色』或者『你的牙齒太難看』，人類就是會拐彎抹角，呵呵。不過我說大叔，你不會是真的想向火藍媽媽求婚吧？」

「……我是真心的。工作方面已經上軌道了，錢我也存了不少，我有自信能帶給火藍幸福。」

NO.6崩毀後，力河趁亂大肆廉價收購從市內流出來的物品。工藝品、電子機器、畫作、珠寶、家具、醫療機器、汽車、衣服事務用品，甚至是玩具，他收購所有物品，在情況略微穩定後再以高價賣出，獲得相當的利潤。現在則經營出版社與印刷公司，發行週刊的情報雜誌與日刊的報紙。

「力河大叔，你現在已經是嶄露頭角的企業家了，聽說相當精明能幹，獲得好評不是嗎？」

「紫苑，你真心這麼認為嗎？」

「當然是真心的啊，我沒必要跟力河大叔與借狗人說客套話吧？」

紫苑脫掉外套，捲起袖子說。

「不要什麼都把我跟這個狗小子湊對可以嗎？不過這個不重要，紫苑，你是認可我的吧？你認為我適合當火藍的再婚對象吧？」

「啊？呃、不是，我沒有那個意思……呃、那個、我母親好像沒有再婚的打算，她之前說過她很滿足現在的生活，想要一直經營麵包店下去。」

的確，火藍的生活在表面上幾乎沒有變化，她在下城的一角經營小小的麵包店，跟熟客們聊天，每天一早開始揉麵糰。

這樣簡單的生活淡淡地繼續著，甚至在最混亂的時候，火藍還是起火用窯烘焙麵包，放在店裡販售。人們吃著小小的圓形麵包與馬芬蛋糕，哭著說：

「世界已經從腳邊開始塌陷了，這個味道卻沒有改變，原來世上還保留著不變的東西。」

常來店裡的老人淚流濕了雙頰，不停喃喃地說著。紫苑多次聽聞相同的自言自語。

這裡有絕對不會變的東西。

這種感覺對人而言，有時會是希望，有時也會是活下去的力量。

「你的母親真厲害啊。」

老鼠罕見地吐發出感嘆的聲音。

那是醒來的那天的事。

在全部結束，不，開始的那一天，紫苑帶著全身傷痕與疲憊不堪的身體回到火藍身邊。還來不及體會重逢的擁抱的感動，就跟老鼠兩個人倒在床上，墜入深沉的夢鄉。從所有的感覺全都消失的沉睡中醒來時，已經是隔天的正中午，太陽在頭頂上發光，光芒略帶紅色，淡淡地閃耀著。醒來時就是那樣的時刻。

身旁已經沒有老鼠的身影，只剩下一條毛毯整整齊齊地摺好放在床邊。

紫苑握緊拳頭打在毛毯上，不自覺發出痛苦的低鳴。

老鼠，你走了嗎？

跟四年前一樣。

四年前那個暴風雨過去的早晨，老鼠從紫苑身旁消失了，彷彿前一晚的事只是夢幻，鮮明地失去蹤影。

那時才剛認識，對彼此幾乎什麼都不瞭解，無論是背負的過去、渴望的未來還是深藏心底的念頭，全都一無所知。

現在不一樣。

的確有無法掌握的部分，也有相互無法理解的事情，自己與老鼠之間存在著怎樣摸索也無法跨越的隔閡。

彼此都知道，彼此都知道，彼此都知道，在知道的基礎下共同活著，不是過去也不是未來，是活在當下。

然而你卻又再度不發一語地離開了嗎？

想到這裡，紫苑用力搖搖頭。

不可能。

我們一起度過那樣的時光，一起走過那樣的險境，你不可能不留隻字片語就消失，我們之間不是那樣的關係，而且你帶著那麼重的傷走動太危險了，無法想像老鼠會冒無意義的險。

忽地，聞到咖啡與麵包的香氣，讓他醒來的味道。

通往客廳的門開了。

「唷，王子終於醒了嗎？」

老鼠單手拿著咖啡杯，笑著說。

「不過我也剛起床就是了。」

紫苑好不容易才吞下安心的嘆息，努力裝冷靜地問：

「老鼠……你身體還好嗎？」

「我很想說非常好，不過這次的確是太嚴重了。你呢？」

「非常好。」

白色的咖啡杯在老鼠手中轉了一圈。他說：

「一回到家就這麼逞強嗎？不過還有能力逞強是好事，只是在逞強之前要不要先洗個澡，清爽一下呢？我看連在荒野上徘徊的李爾王都比你還乾淨。」

紫苑望向掛在牆壁上的鏡子，臉部與頭髮上布滿血跡、泥砂與汗水的痕跡，襯衫破爛不堪，右邊的袖子幾乎要扯斷了。

原來如此，發狂的不列顛國王應該也沒悽慘到這個地步。

感覺有點好笑。

「好了，陛下，請問您要先沐浴嗎？還是要先替您準備非常美味的咖啡呢？」

「能喝到你泡的咖啡，真是光榮至極。」

「剛才你的媽媽為我準備那真的是非常好吃的麵包，嗯，好吃到令人回味無窮，泡咖啡這點小事我很樂意服務。」

「啊……我母親呢？」

「你媽媽一早就開始工作了。」

老鼠抬起下巴指了指說。

薄薄的牆壁裡另一頭傳來熱鬧的聲音。

「咦？今天有開店嗎？」

「看來是有，她說：『我只會烘焙麵包，現在只能做我會做的事』。如今這麼混亂的時候，她今天還是起火用窯烘焙丹麥麵包，聽說晚上還要為我炸克拉巴特麵包。」

「是嗎……真像我母親會做的事。」

放下咖啡杯，老鼠的視線轉向白色牆壁，嘴角已經不見笑意，眼眸深處隱藏著陰暗的目光彷彿穿過牆壁，凝視著站著工作的火藍。

「你母親真厲害啊。」

老鼠說。雖然是幾近喃喃自語的細微聲音，但是聲音裡的確帶著感嘆的感覺。

「堪稱偉大的母親。原來也有這樣的人住在NO.6裡面，以市民的身分在裡面過日子。」

「……是啊。」

人無論被放在怎樣的環境裡也絕對不會被染上同一種顏色，或許一時會被染上，然而有一天一定會找回自己的顏色，忠實地活出自己，為這個世界帶來各種各樣的顏色。

這正是所謂的希望吧。

接下來的日子，自己究竟能相信人、相信希望到什麼地步呢？這是紫苑自己需要找答案的功課，而老鼠也必須接受同樣的課題。

老鼠，我們能相信別人嗎？不是憎恨，沒有嘲諷，更不會欺凌，只是相信。

我們能做得到嗎？

傳來咖啡的芳香。

「特別好吃的麵包與特別好喝的咖啡，來一場特別享受的早午餐吧，至少今天什麼都不要想，好好休息就好，像你媽媽那樣豪邁的生活方式，對我們年輕人而言，目前還做不到。」

「你還真謙虛。」

「因為在這裡我是訪客，要安分一點，而且老實說，我有些疲憊，睡覺，吃好吃的麵包，然後再睡覺，這樣的時間也不錯，美好的假期。」

「晚上還有克拉巴特可以吃。」

「就是那個。」

老鼠彈指說：

「我第一次看到模仿領帶的點心。這是你媽媽親手做的，一定特別好吃。」

「那可是吃一次就會上癮，每晚都會出現在夢裡喔。」

「就是漢賽爾與葛麗特發現糖果屋的心境吧，所謂的『樂趣與麻煩總是同時降臨』的意思。」

「那是誰的名言？」

「我現在想到的，你記起來比較好，這就是你將來的寫照。」

老鼠將咖啡放在紫苑面前，接著說：

「好了，請享用吧，偏濃的咖啡加入滿滿的牛奶，陛下喜愛的口味。」

「咦？我們並沒有一起喝過咖啡，你居然知道我的喜好？」

「當然知道，我之前不是也說過嗎？你太好懂了，也太難解了。」

「你還不是一樣？」

「我可沒你那麼複雜。」

「還真敢說，只有你沒資格說我複雜。」

「我哪裡複雜了？」

「要一一舉出來，我看要舉到明天早上去了吧。」

「哦？那我就陪你到明天早上，好好聽你說囉。」

「看，就是這個。」

紫苑喝了一口咖啡。

香氣、苦澀與柔順的口感在嘴裡擴散，桌上的圓形麵包也好吃到「令人回味無窮」。

深入身心核心的味道，確確實實是母親的味道。

「馬上就生氣，變得跟個孩子一樣執拗，可是一轉眼又能冷靜地判斷，不拘泥於任何事。你的心情變個不停，情緒也以分鐘為單位，時好時壞，沒有比你更難搞定的人了。」

「啊啊，是嗎？你要講得這麼辛辣嗎？那我也不客氣了，紫苑。」

「請說，我可是很正經的人。」

「呵呵，說自己正經就真的是正經的例子我可沒看過。」

「你不覺得自己是正經的人嗎？」

「呃……那個嘛……我一直都是很正經的人……嘖，你反擊的速度變得這麼快了。」

老鼠皺著嘴角與眉頭說。

他皺臉的表情太好笑了，紫苑嘴裡的咖啡差點噴出來。

幼稚的對話，柔和的氣氛，連窗外照射進來的夕陽都如此美麗。

已經過去的暴風雨與即將面對的暴風雨之間存在的珍貴片刻，也是老鼠留下的溫柔的回憶。

老鼠離去，紫苑留下。

交纏在一起的命運從此各分東西，逐漸遠離。

下次重疊會是在什麼時候呢？

「我說紫苑。」

力河的臉逼近。

「你幫我吧。」

「幫你？」

「對，我希望你能幫我不著痕跡地告訴火藍，我是一個多麼適合結婚的對象。」

「啊？這、這有點……」

「我是真心的，我有自信能讓火藍幸福，所以我才想向她求婚。當然如果火藍希望，可以一直經營這家店。對了，就好好改建這裡吧，可以擴張店面，加裝展示櫃，做成一家精品店。住宅的部分也可以全部翻新，增加房間數。」
「不，我想母親並不喜歡那樣，她似乎很滿意現在的狀況。」
力河無計可施地說：
「啊啊，火藍，妳是如此無欲、純潔的女性啊，妳就是女神。」
「說女神好像有點太誇張了，不過火藍媽媽是個大美人，配你太可惜了，再說有一點我想提醒你，你身旁的女人太貪婪了，全都是把對方的臉看成是金幣的傢伙。而且話說回來，對火藍媽媽而言，大叔你不過是男人之一，絲毫也沒把你視為結婚對象，呵呵，你早早放棄吧。」
「小鬼不要管大人的事。」
「好好，你就繼續在大人的事上做無謂的掙扎吧。紫苑，我們去幫忙媽媽吧，我好想快點吃到晚餐。」
「好。」
背後傳來力河煩惱的嘆息聲。

晚餐吃得很愉快。

每個人都吃了很多，講了很多話，也笑得很開心。

好開心，真的好開心。

突然心有些茫然，如果老鼠也在就好了。

如果老鼠也在，他會坐在紫苑的對面，讚揚火藍的廚藝，冷嘲熱諷借狗人與力河的對話，也會優雅地使用刀叉，吃光所有端出來的料理，好取悅火藍吧。

老鼠，你現在在哪裡呢？

我們已經一年沒見了。

三小時後，借狗人的背包裡裝滿麵包，心情愉快地與一臉消沉的力河踏上夜路回家。

「媽媽。」

紫苑一邊收拾一邊與母親說話。正在計量麵粉分量的火藍轉頭看著紫苑，問：

「怎麼了？」

「妳今天怎麼會想到邀請借狗人跟力河大叔來吃飯呢？」

「啊？嗯，這個嘛……也沒有什麼特別的理由，只是覺得好久沒熱熱鬧鬧吃頓飯了，你一直很忙，也沒時間好好坐下來吃飯。」

「原來是擔心我。」

火藍轉身面對兒子，微微搖頭道：

「也不是這樣，只是……紫苑，你發現了嗎？這陣子你都沒有笑容。」

「是嗎？」

「已經好久沒像今天這樣笑了吧？」

紫苑伸手觸摸臉頰。

指尖傳來堅硬的觸感。

火藍凝視著他的指尖問：

「重建委員會的工作很辛苦吧？」

「嗯。不過……要建立新的組織與機能，又有各種立場的人參與……我

已經有心理準備會很忙了。」

「你跟楊眠他們相處得不太好吧？」

火藍微揚下顎，彷彿要挑戰什麼似地，口吻與目光都變得強勢。她接著說：

「你們的想法……相當不同吧？紫苑，你是不是被楊眠他們排擠？」

紫苑無法回答。

「果然如此。當我知道楊眠被選為重建委員會的成員時，我心裡就覺得不安。」

「媽媽，妳很了解楊眠嗎？」

火藍的眼眸裡閃過陰影。她回答說：

「我以為我很了解。他是莉莉的舅舅，也常常來店裡。他說他太太跟兒子都被殺了，我沒察覺的NO.6的真面目也是他告訴我的。他曾幫助過我，是一個很聰明的人。」

「嗯，他是一個腦筋很好的人，也是抗爭運動的領導者，是集合抗爭

NO.6的人群並將其組織化的人物。楊眠他們的活動是導致NO.6崩毀的導火線之一，他會被選為委員會的成員是理所當然的。」

「理所當然？真的嗎？紫苑，你真的覺得楊眠是合適的重建委員會委員嗎？我……怎麼也無法如此認為。」

「媽媽……」

玻璃窗發出聲音，似乎是起風了。

這陣風會吹散雲，雨也會跟著停歇吧。

明天大概會晴空萬里。

「那個人憎恨NO.6，因為他最重要的家人被奪走了，當然會恨。因為憎恨，縱使他身處於NO.6的內側，還是能夠看穿我們看不到的NO.6的真面目。」

火藍輕撫著身旁的麵粉袋，接著說：

「恨意是他的能量，那對於擊垮NO.6是有效的，可是……可是卻無法成為創新的力量。我有這種感覺，紫苑。」

母親的聲音裡帶著哀傷，滲透進紫苑的心裡。

無法捨棄憎恨，或者該說無法跨越憎恨，就無法創造，恨意不可能成為再生的力量。

「因為那場奇怪的病，NO.6的混亂即將到達極點前……也就是瓦解的徵兆開始明確顯現時，那個人來我們店裡跟我說了很多話，然後他說他對我很失望。」

「楊眠說，他對妳很失望？」

「是啊，紫苑。我有很多不知道與無法理解的事，卻從來也沒有想過要去知道去理解，那是非常可恥的事。如果我聰明一點，也許就能救沙布了……」

「媽媽，我們現在是在講楊眠。」

紫苑口吻強勢地打斷母親的感嘆。對沙布的想念是無底洞，怎麼悔恨、怎麼道歉都不夠，就算說出萬語千言，就算日夜祈禱也無法獲得原諒。

因此至少不能遺忘。

一直到斷氣為止，紫苑會一直記著沙布，記著沙布託付的願望。

火藍眨眨眼，微微點頭道：

「好。他對我很失望，因為我沒有全面認可他。他想要成為英雄，推翻專制國家的英雄，感覺好像……不是報仇也不是被欺凌的憤怒，而是……想要成為在歷史上留名的英雄……該怎麼說呢……欲望？他好像被那樣的東西牽著走。他對我說，當世界企圖改變之時，就算出現犧牲者也是無可奈何的事。人們會流血死亡，他卻說是無可奈何，如果千人的犧牲能救幾萬人，那麼那一千人就不是白白犧牲……他這樣說是不是太奇怪了？將人的性命轉換為數字是不對的事，站在民眾的犧牲之上的英雄，這應該也是不對的事吧？」

「……嗯。」

「紫苑，你能跟楊眠對抗嗎？」

對抗？楊眠是對抗的對象嗎？他是敵人嗎？

楊眠他們的團隊主張應該解散臨時組成的重建委員會，編制新的組織體

系。如果這個提議通過，那麼委員會的中樞就幾乎是楊眠一派，大幅偏離重視由各種立場的委員交換意見的委員會理念。然而楊眠一派根本不聽紫苑等少數派的意見與異議。

必須要想辦法，必須要想辦法才行。

濫用我方的正義，排斥他人，這樣會有什麼結果？不是有NO.6這個先例了嗎？如此血淋淋的慘痛經歷，為什麼還要走同一條路呢？

必須要想辦法……

「紫苑，你好瘦。」

火藍的眼神與口吻變回一名母親，只是關心自己的兒子，希望兒子幸福，愚蠢又極為單純，滿滿都是自私的愛。

「如果辛苦就辭掉重建委員會的工作吧，多得是辦法能過活。對了，你不是說過嗎？你說想做跟兒童有關的工作，你可以試著去找找看。」

「不……」

紫苑緩緩搖頭。

「我還有必須做的事情沒做完。」

「可是……」

「媽媽，有人叫我不要逃避，我必須留在這裡完成我該做的事，而且他叫我不可以假裝沒看到，我不想違背他的話。」

火藍並沒有追問那個人是誰，她只是沉默地抬頭望著兒子。

風愈吹愈強。

打在玻璃窗上的聲音愈來愈急促。

火藍悄聲嘆了口氣說：

「如果你像你父親那樣是一個隨心所欲的人，應該會輕鬆許多。」

「啊啊，原來如此，所以妳才突然提起父親的話題嗎？」

什麼也不承擔，一有麻煩事就馬上放下，一切都假裝沒看到。也有這樣的生活方式。

你父親就是選擇那樣的人生。

母親將父親真實的一面告訴正在與現實搏鬥的兒子。

然而沒辦法，我無法選擇父親那樣的人生。

紫苑……別逃避。

老鼠的話支撐著我。

老鼠沒有逃避，面對命運與現實，他一步也不退讓。我就站在他身旁。

還有沙布她們託付的願望。

我不能逃避。

我不能背叛。

不是為了誰，而是為了我還能是我自己，我必須站起來對抗。

紫苑彎腰，親吻母親的臉龐說：

「我去睡了，晚安，媽媽。」

火藍的手輕撫紫苑的白髮說：

「晚安。」

也許是勉強想要擠出微笑吧，母親只有嘴角微微扯動。

一隻小老鼠蜷曲著身體躺在床上。
「月夜。」
聽到名字被呼喚，小老鼠抬起頭發出小小的叫聲。紫苑將麵包跟起司碎片放在牠的鼻尖。
月夜只有動了動鬍鬚兩、三次，完全沒有想要吃麵包或起司的意思。
紫苑用指尖撫摸月夜的背，牠舒服地閉上眼睛。
哈姆雷特、克拉巴特、月夜。
老鼠飼養的三隻小老鼠當中，只有這隻月夜留在紫苑身邊。牠們都是擁有知性與智慧的小生物，猜想應該是跟森林子民一同在森林深處生活的野生老鼠的後裔。
不是普通的老鼠，所以壽命與人類相同。紫苑自行如此認為，然而最近卻見牠一點一滴地衰老。
普通家鼠的壽命是一年半到兩年，被當成寵物飼養的倉鼠也只有三年左右。

月夜正慢慢地走向終點。

「月夜，加油，你要活到你的主人回來。」

紫苑用指腹輕輕撫摸牠。

吱吱。

月夜發出滿足的聲音，閉起眼睛。

「這是什麼？」

楊眠蹙眉問。

在過去被稱為「月亮的露珠」的舊市政府大樓，如今是重建委員會總部的建築物的一樓。

在某間小會議室裡，紫苑與楊眠隔著桌子面對面。是紫苑找他來的。桌上有紙張型電腦。楊眠瞄了眼螢幕，眉頭蹙得更緊了。

「你挪用舊NO.6資產的證據。」

「啊？你說什麼？」

「你一直是，現在也還是舊NO.6龐大資產的管理者，你利用你的職位，將相當多的金額變成你個人的資產，換句話說就是侵占。」

「無稽之談。」

楊眠嗤笑。

「我很忙，沒時間陪少爺胡鬧。」

「胡鬧？是嗎？NO.6的資產有好一陣子處於無人管理的狀態，管理機能並沒有啟動，在那段時間內，資產消失了約三分之一，特別是金塊，有將近百分之六十不見了。」

「你是說那是我幹的？」

「沒錯。」

「別開玩笑了。我的確是資產管理的負責人，然而在那樣混亂的情況下，我有辦法去看守金塊嗎？我沒必要負責到那種地步吧？」

「金塊並非被盜走，而是被某人有計畫地運走，要不是這樣，難以解釋為什麼留下四成。如果是強盜，應該會全部搬走，而且金塊放在地下金庫的

最裡面，情況再怎麼混亂，要瞞人耳目從那個地方搬出好幾噸的金塊，就算是職業的竊盜集團也是非常困難的事吧？不，是絕對辦不到。楊眠先生，我再說一次，金塊並非被盜走，而是被某人有計畫地運走。」

「那個某人就是我嗎？」

「除了你沒有別的可能。」

楊眠微微低頭，面露淡淡的微笑說：

「你把我當成小偷？這可是天大的栽贓啊，再不適可而止，我可要告你損壞名譽了。」

「你為了擴大與維持集團的勢力，需要鉅額資金，為此你才動了NO.6的資產吧？這是最迅速的做法。」

「喂，你是真的要栽贓嗎？」

「這份資料。」

紫苑用下巴朝著桌子指了指說：

「是你以委員會的名義使用貨物機時的申請書與許可書的影本，每一份都有你的親筆簽名。這架貨物機用於往返NO.4。還有這份資料。」

紫苑的手指滑過螢幕，出現另一份資料。楊眠目不轉睛地凝視數字的排列。

「這是從NO.4的銀行拿到的你個人資產的明細，真是龐大的數字啊，可以比擬一國的國王了。這些全都是把金塊資產化的結果吧，就數字上而言是完全吻合的。此外還有。」

紫苑動了動手指。

「這是你分配給集團內成員的特別津貼的金額，這也是相當大的數字，應該連舊NO.6幹部都沒領到這麼多。」

「我們的成員冒死與NO.6對抗，拿這些報酬是合情合理的……」

「那應該是委員會決定的事，並非是你一個人的判斷能決定的。冒死對抗的人很多，甚至失去性命的人也很多，楊眠先生。」

紫苑起身，捲起電腦說：

「你侵吞公家資產，獨斷分發獎金，中飽私囊，這明顯是謀反罪，背叛全體人們。」

門突然被打開。

兩名男子走進來。

是楊眠集團位居第二與第三的男人們，兩人皆為三十多歲，茶褐色頭髮。

「楊眠，沒想到你幹出這種事來。」

「就是啊，背著我們伸出這麼邪惡的手，不知羞恥。」

「背著你們？開玩笑，你們也全都同意。」

楊眠倒抽氣，緊咬下唇，臉色愈來愈鐵青。

「紫苑，你設計我。」

紫苑沉默地凝視著那張蒼白的臉，目光緊緊鎖住他。

「……我一直知道你很危險，認為你還年輕是我的失敗。」

「人生總是伴隨著失敗，楊眠先生，只不過你的失敗卻是致命傷。」

紫苑彈指。

通往隔壁房間的門滑開，這次也是兩名男子走入，兩人的體型都巨大到需要仰望的程度。

「你打算怎麼對我？公開處刑嗎？」

「怎麼可能，你可是NO.6滅亡的功臣，我不會做那麼殘忍的事。委員會決定到你死之前都會發放慰勞金與公家年金給你，不過你存放在NO.4的私產全部沒收，當然也罷免你重建委員會成員的身分，剝奪所有資格，並且限制你的住居與行動，無論有任何理由都禁止你沒有經過申請就離開委員會指定的場所。」

「如果我不從呢？」

「無法保證你的安全。」

「呵呵，難聽一點就是軟禁嗎？現代版的流放嗎？只要用我擅自行動的理由，拿槍斃了我也沒有人會責怪你，也無法責怪你，對吧？」

體型龐大的男人們站在楊眠身後，他們打算扣押楊眠時，楊眠揮開他們的手自行走到門口。他在門口停下，回頭說：

「紫苑，你會是傑出的統治者，我跟那位市長根本遠遠不及你，你一定會統治全部事物，把一切抓在手中，成為一名冷酷且優秀的統治者。」

楊眠放聲大笑，沒有感情的笑聲迴盪在室內。他接著說：

「到時候火藍會怎麼看你呢？會如何看著變成怪物的兒子呢？」

一名男子將手搭在楊眠肩上，楊眠揮開他走出會議室。門關上。

「居然到了最後還惡語傷人。」

「死到臨頭還不死心的傢伙。」

位居第二與第三的男人互看對方，像作戲般地聳聳肩，接著同時轉向紫苑說：

「紫苑，我們也被騙了，沒想到他居然盜領公款。」

「是這樣嗎？資料中領取高額獎金的名單中也有你們兩位的名字。」

紫苑對著兩名臉色大變的男人繼續說：

「不過那個部分我已經消除了，有兩位的協助才能成功揭開楊眠的罪行，我很感謝兩位。」

「那麼我們兩人……」

「我本人完全沒有想要追究的意思。」

紫苑朝著兩人伸出手。

「今後也請兩位為了這座NO.6多多盡力，如果我們無法同心協力，就無法度過這個難關，我需要你們兩位的幫助，麻煩兩位了。」

男人們臉頰泛紅。

他們緊握紫苑的手，用力點頭。

「那麼，我們午後的會議再見了，我打算在會議上報告事情的始末，到時候要請兩位協助我。」

「當然，我們會作證。你迅速的應對與明確的判斷讓我們很佩服，你真的是很優秀的下一個世代的領導者。」

「我很榮幸，不過那樣誇大的讚美我實在愧不敢當。」

「你太謙虛了，能準備那麼詳細的資料做為不法證據，不是每個人都辦

得到的事情，那個楊眠幾乎無法抵抗。」

「那是因為他太小看我們了，認為只要位居委員會首席就能隨意竄改資料，因此急著爬到首席，那份焦急讓他露出太多破綻了。」

「原來如此，不過你還是幹得太好了。」

「沒錯，非常漂亮。好了，我們也離開去做自己的事吧。那麼，晚點見。」

「好的。」

兩人並肩離開。

只剩下紫苑一人。

「詳細的資料嗎？」

紫苑打開電腦放在手上。

畫面散了，數字與文字也都消失了。

哪有什麼證據的資料。不，應該是存在的，只是紫苑沒辦法也沒時間去拿到。

沒有，那就自己做。

只要做出楊眠必須認罪的資料即可，雖然不簡單，但也不是什麼難事。

事情很順利。

暫且先除去了眼前的一個障礙。

除去障礙，驅逐並使其破滅，然後呢？

紫苑望向窗外。

我到底想做什麼呢？

在這個世界上創造出跟NO.6不同的，為了人民而存在的國家。

創造不用殺人也沒有人會被殺的國家。

這種事真的能辦得到嗎？

楊眠的高聲大笑在耳朵深處響起。

我……會變成怎樣呢？

喀噠喀噠。

傳來風的聲音。

不，不是風聲，莫非是有人在敲窗？

老鼠！

紫苑衝到窗邊敞開窗戶。

風吹動劉海。

沒人。

只有風吹過而已。

紫苑蹲在地板上，雙手摀住臉。

老鼠……你為什麼不回來？為什麼不在我身邊？

我想要在你的眼眸裡看到我還是我，我還一直是我自己，那是支撐我的力量。

老鼠，我想見你。

眼淚流不出來。

唇齒間溢出呻吟，一種不像是自己的聲音，倒像是野獸的呻吟。

鈴響了。不停響著。

紫苑起身，按下對講機的按鈕。

「紫苑委員，對於今天的會議要提出的NO.6的新方針草案有需要您指示的地方。」

年輕男子的聲音悄悄傳來。

「好的，我馬上去第三會議室。」

「麻煩你了，紫苑委員。」

男子的聲音裡傳來激動。他說：

「終於走到這一步了，這下就能一掃舊勢力，著手建造我們的理想國家了。即將開始了。」

紫苑嘆了口氣，呼喊年輕男子的名字：

「托瑞，輕率的言行舉止請節制，我們之間不存在什麼新舊勢力，我們只能結合各方的智慧，一步一步往前行。」

「啊……是，很抱歉。」

「不，並不需要抱歉。」

托瑞，你要考慮到可能被盜聽的危險性。

關掉對講機，紫苑再度嘆息。

他轉身，眺望窗外。

一片藍天。

關上窗戶，紫苑轉身，離開那片一望無際的藍天。

4 老鼠的生活

雲遮日。

太陽被雲蓋住，天氣突然變冷了。

白天的暑氣彷彿虛幻，空氣失去溫度。

荒野上處處可見灌木叢，可是一棵喬木也沒有，只要站在高處就能眺望到地平線的彼方。

紅褐色的大地一片光禿禿，到處都有銳角大石，讓人聯想荒蕪的不毛之地。但是幾個灌木叢的內側卻有清冽的湧泉，這些灌木叢比其他灌木叢更茂密，結著紅色果實的果樹十分醒目。像嬰兒拳頭般大小的果實十分堅硬，不適合食用，不過鮮豔的顏色在茶褐色的大地與綠色的灌木的映照下，顯得更加美麗。

老鼠在泉水旁蹲下，雙手掬水喝。

好喝。

對於走在乾枯大地的旅行者而言，這水簡直就是甘露，促使生命復甦。

「喂，你們要不要也休息一下？」

外套的口袋裡探出兩隻小老鼠來。牠們順著老鼠的腳往下走到地面後，完全不看泉水而是衝向紅色的果實。

對人類而言過硬的果皮，一遇上齧齒目動物的門齒也就不算什麼了。小老鼠們喀磁喀磁地發出好聽的聲音，一下子就喀完一顆果實了。

淡茶色的小老鼠——紫苑替牠取名為哈姆雷特的老鼠——抬起頭，像是詢問般地歪著頭。

「不了，我啃不了那個果實，沒辦法吃。不用替我擔心，我有充足的食物。」

大概是理解主人說的話了，哈姆雷特再度開始啃咬果實。

老鼠再啜飲一口水，洗把臉，然後脫掉衣服，泡進泉水裡。

雖然沒有熱水可泡，不過冰涼的水反而讓他覺得舒服。泉池比他想像中的深，潛入水裡可以看見水從底部沙地湧出的模樣。

有幾隻小魚在海藻暗處悠游著，隨著水流搖曳的海藻讓人聯想到優雅的舞蹈。

這裡有著跟地面上截然不同的世界。

「水裡面總是和平的嗎？」

那是什麼時候的事情呢？紫苑的視線在空中徘徊，忽地說了這麼一句話。

那是發生在西區的那間屋子裡的事。

天剛亮，對，就是連續下了三天的雨終於停了，刺骨的寒氣籠罩著西區一帶的深夜終於開始泛白的時候。

前一晚，太陽才剛下山，力河罕見地造訪老鼠的住處。

「紫苑，我很想請你吃，所以專程拿過來給你。」

在寒氣與狂風中走來的力河特別強調「很想請你吃」的部分，將紙袋遞給紫苑。

往紙袋裡一看，紫苑發出歡呼聲。

「哇，太棒了，是白麵包跟肉。」

「還有新鮮蔬菜跟葡萄酒，啊，也有起司，如何，算不錯的美食吧？」

「都能開晚宴了。力河大叔，這是要送給我們的嗎？」

力河抿嘴，搖搖頭說：

「不是給你們，是給你，這點不要搞錯。紫苑，聽到了嗎？給你吃的，不用分給傲慢又狡猾的戲子。」

「我們大家一起吃。」

紫苑帶著滿臉的笑意接著說：

「我答應明天給孩子們讀繪本，我可以煮很多料的湯請他們喝，一定是很豪華的午餐。」

力河的表情扭曲，好像背很癢卻怎麼都搔不到的模樣。老鼠躲在正在閱讀的書後面不敢笑出聲來。

「有什麼好笑的？伊夫。」

「沒有，我沒有要笑的意思。如果硬要說我有笑的話，那是因為大叔你的表情太可愛了，我才不小心露出笑意。」

老鼠闔起書起身。他看了眼紫苑遞過來的紙袋，不由得吹出高亢的口哨。他說：

「哎呀呀，這麼好的貢品啊，原來有辦法還是拿得到，不愧是黑市商人力河先生。」

「你說誰是黑市商人？我可是出色的企業家。」

「替NO.6的高官介紹女人，敲詐大錢的企業家嗎？實在是有益社會又清廉的工作，佩服佩服。」

力河咬牙切齒，一臉不快地說：

「紫苑，你聽好，這些肉跟蔬菜隨你要煮湯還是要供起來膜拜都好，就是一口也不能給這小子吃，連味道也不能讓他聞。」

然而紫苑根本沒在聽，他目光閃閃發亮地將紙袋裡的物品一一排列在桌

上，說：

「老鼠煮的湯是一級品。」

馬鈴薯、洋蔥、高麗菜、紅蘿蔔，每一樣都新鮮水嫩。

小老鼠在堆積如山的書本上激動地鳴叫著。

「幾乎不加調味料，味道卻非常美味，再加上有這些食材，一定能煮出天下無雙的湯，大家會有多高興呢？力河大叔，謝謝你。」

「呃……不是，我說紫苑，我是為了你專程送來的。」

「用餐前大家會感謝力河大叔，那絕不會只是形式，每個人都會真心道出感謝之詞。對吧，老鼠？」

「當然，絕對是『由衷感謝與祝福心懷慈悲的靈魂，我會一直祈禱您崇高的靈魂不被任何人傷害』。」

老鼠用無邪的少女聲說。力河無法抵抗無邪的、純粹的、清澈的東西，或許是知道自己的墮落，也或許單純只是喜歡，總之就是會被吸引。

無論是清純的少女、街角的娼婦、高貴的婦人還是專一的青年，無論是目光精準的商人還是年老的哲學家，老鼠都有辦法成為對方希望的那個人，雖然只是極短的時間，卻能用聲音讓對方看到自己尋求的夢幻身影。

力河現在絕對是透過老鼠看見純潔的少女。眼睛與心靈是連接在一起的，眼睛不會看到眼前所有的東西，而是只會捕捉到想看的東西，然後忽略不想看到的部分。

「可惡，真是的，居然使用三流演員的花招。伊夫，你不要太看不起我。」

「我可沒有想過要隨意操控你這種噁心的事情。」

老鼠聳聳肩。

這隻死狐狸，實在是令人不快的小子。

紫苑，趁你還沒被毒害前，快搬到我那裡去吧。

伊夫，你不趁現在快痛改前非，有一天你一定後悔的。

對了，下次我帶牛油來，給紫苑，還有水果。你小心不要被這隻死狐狸搶走。

叨叨絮絮了一些話後，力河便回家去了。

「受不了，怎麼有這麼囉嗦的男人，禮物放了就應該快滾了，真是典型的粗俗男的樣本。」

「不是很親切嗎？專程送這麼豪華的食物來給我們，你要再說他的壞話可是會遭到天譴的。」

「呵呵，大概是NO.6的高官很滿意大叔介紹的女人吧，因為找來了美色，所以得到了許多那個都市裡到處可見的物品。」

「可是他也沒有獨吞，反而是分給我們，不求回報，這是很可貴的事情。」

「可貴？你真的如此認為？」

「不對嗎？」

老鼠勾起單邊臉頰輕輕一笑。

紫苑的天真無邪不敢領教，也覺得可笑，這份無邪、這份率真跟自己無緣，就像衣服上多餘的裝飾，沒有任何意義。

力河覺得內疚。

將西區的女人賣給NO.6的男人，然後獲得幾文錢。他會對自己的行為感到羞恥，這是力河身為人的本性還沒有腐爛的證據，但也是軟弱的反面。

他將獲得的一部分物品送給紫苑，想要藉此逃避內疚與自己的軟弱，希望能藉由接觸紫苑天真爛漫的笑容與歡喜，讓自己稍微得到解脫。事情不過如此罷了，只是紫苑看不清這些。

為何如此輕易相信他人呢？為何能相信呢？能一直相信下去嗎？實在是個謎。

「老鼠？」

紫苑不解地眨眨眼問：

「你在想什麼？」

「沒有什麼……對了，葡萄酒不適合孩子們，我們喝了吧。」

「是啊，那麼吃一點起司跟麵包吧，要不要水煮馬鈴薯？」

「好啊，看來會是很幸福的一晚。我收回前言，真心感謝無限慈悲的力河先生。」

「你真勢利。」

「這樣才能通行無阻啊。那麼我來煮馬鈴薯吧。」

「老鼠，我們只有馬克杯。」

「很好啊。」

「用馬克杯喝葡萄酒嗎？」

「不喜歡就別喝了，我全部喝掉。」

「開什麼玩笑，當然要平分。」

一邊吃著麵包、起司跟水煮馬鈴薯，一邊替對方斟葡萄酒。從標籤來看，葡萄酒是從最西端的都市NO.3進口的，相當高級，酸中帶著淡淡的甜味，很好喝。

發現時，兩個人已經喝光一整瓶了。

「你相當能喝嘛。」

「對我改觀了嗎？」

紫苑赤紅著臉，得意地笑著問。

「不是改觀，是意外，沒想到你也喝酒。」

「這是生平第一次。」

「什麼？」

「這是我生平第一次喝酒，沒想到酒原來這麼好喝。」

「什麼？喂，紫苑，你還好吧？你可是喝掉半瓶了，應該相當醉了吧？」

「嗯……我沒事，感覺心情很好，覺得為了小事情煩惱很可笑。」

「你為了什麼小事情煩惱？」

「啊～～是什麼呢？呵呵，想不起來，事情小到讓我想不起來，原來是無關緊要的事情。呵呵，煩惱萬歲，葡萄酒萬歲。」

「紫苑……你喝得相當醉喔。」

「我醉了啊，因為我喝酒了嘛，喝醉不是理所當然的嗎？還是有什麼我

不能喝醉的理由嗎？」

紫苑傾身向前，臉靠近到幾乎要碰到老鼠的鼻尖。

「紫苑……你該不會喝了酒就會糾纏別人吧？」

「糾纏？對誰？對你嗎？」

「這裡除了小老鼠之外，就只有你跟我。」

紫苑忽地起身，雙手扠腰說：

「『這裡除了小老鼠之外，就只有你跟我。』哈哈哈！如何？很像吧？」

「像誰？」

「像你。」

「完全不像。」

「胡說，絕對很像。」

紫苑朝著老鼠伸出手指轉了一圈說：

「我覺醒了，我有模仿的才能，或許我是模仿的天才，不，我一定是天才，上天賦予我驚人的才能。『這裡除了小老鼠之外，就只有你跟我。』哈哈，不是很像嗎？」

「……模仿我很好玩嗎？」

「很好玩。」

紫苑蹲下，再度靠近老鼠的鼻尖說：

「非常好玩，跟你在一起，做什麼都快樂得不得了，為什麼會這麼開心呢？」

老鼠別開臉，斂起下顎，想像安撫嬰兒的母親一樣溫柔地微笑，臉頰邊緣卻很僵硬，無法成功露出笑容。

「是嗎？那太好了，值得恭喜。不過你是不是被借狗人家的狗感化得太深了？我們可是人類，人類不用靠摩擦鼻子也能溝通吧？」

「『我們可是人類，人類不用靠摩擦鼻子也能溝通吧？』嘿嘿，如何？這個也模仿得很像吧？只是老鼠，人類也不是那麼容易就能溝通，想要理解卻無法理解的事情比能夠理解的事情多很多，多百倍、千倍，這就是人類。」

「紫苑……你愈來愈口齒不清了。」

「這點我就羨慕狗了，牠們只要鼻子靠著鼻子聞聞味道就能了解對方，然後互相舔一舔。」

「你可別舔我的臉。」

「我不舔，說不定會咬而已。」

「亂來，你夠了喔，醉鬼。好了啦，你快去睡覺，明天早上宿醉唉唉叫也不關我的事。說到底你是幾歲了？十六歲居然不懂喝酒……紫苑？喂，紫苑，你怎麼了？」

紫苑整個人靠過來。

發出小小的鼾聲。

「喂，開什麼玩笑，你別在這裡睡著啊，我可不會扛你上床喔。」

老鼠移動身體，紫苑也滑落，直接倒在地上。鼾聲依舊，規律地持續著。

「受不了你，胡亂扯了一堆後就這麼睡著了？什麼啊，來這種典型的酒辭法。」

吱吱吱！

啃咬著起司的克拉巴特抬起頭，動了動鬍鬚。

真拿他沒辦法。

彷彿這麼說著，也似乎嘆了一口氣。

忍不住了。

老鼠笑了出來。

他一個人在紫苑身旁笑個不停。

驀地清醒。

察覺是清晨是因為房間裡的空氣更冷冽了。東方的天空微白時分也是最冷的時候，同時也是病人、老人、飢餓的孩童們以及體力衰弱的人們死亡最多的時候。

早晨來臨，夜晚離開，死神趁著這個空檔帶走人們。然而雖然如此。老

鼠思忖著。

雖然如此，以死神使者來說，冷冽的空氣與飢餓比較溫柔，比起無情的暴力溫柔許多。

抽痛。

背上的傷痕疼痛。

無情，正因為無情，兇暴的火炎燒上這個背，吞噬了家人，將一切化成灰。

抽痛。再抽痛。

疼痛沿著背脊往上爬。

老鼠起身，調整呼吸。深呼吸一口甚至可能喚來死神的冷冽，然後吐出。吸入氣管的冷空氣是活著的證據，還活著，還是溫體，才能感受到這份冷。

活著的人是溫暖的。

這是紫苑告訴他的。

活著便是感受著身旁某人的溫度，將溫度傳給身旁的某人。紫苑這麼告訴他。

老鼠撥了撥頭髮，再一次深呼吸，吐氣。

對老鼠而言，活著只是為了復仇。自己活下來，一直活下去就是對NO.6的復仇，然後在某天，在不遠的某天，一直活著的自己將給NO.6最後的一擊。

他心中一直只有這個念頭，其他的事情他一點也不在乎，他對NO.6的憎恨與厭惡愈來愈深，絲毫沒有減少。只是會動搖。

自己的體內不只有復仇心，還有截然不同的，跟NO.6完全無關的某種存在。

那到底是什麼？老鼠自己也無法掌握。

所以動搖。

動搖著當成功完成對NO.6的復仇時，這個軀殼裡會是空洞的？飽滿的？還是留下堅強的核心呢？

愈動搖愈迷惘，一迷惘就會成為漏洞。
老鼠伸手撫摸背部。
疼痛緩和許多，沒多久便會消失吧。
「唔……」
紫苑翻身。
昨晚將紫苑拉到床上，然後他便沉睡，除了鼾聲以外沒有發出任何聲音。
「你實在是……」
老鼠對著紫苑的睡顏喃喃地說。
「又棘手又麻煩……真拿你沒辦法。」
紫苑再度改變身體的方向。
他的眼皮慢慢張開。除了火爐裡埋在灰裡的炭火外，沒有其他光源。在幾乎接近漆黑的暗黑中，只有紫苑的側臉與頭髮若隱若現。
「老鼠……你說什麼？」

明明剛醒來，明明四周黑暗，紫苑的視力卻能正確捕捉到老鼠，耳朵似乎也感應到聲音。

「跟你道早安啊。我說『早安，皇帝陛下。您睡得好嗎？』。」

「睡得……還不錯。」

「哦？沒有宿醉？你有喝酒的天分喔。不過一不小心就會變成跟大叔一樣，你可千萬要小心。」

「葡萄酒不會宿醉，因為原料是水果，對人體很溫和。」

「真的嗎？」

「真的，我好像聽誰說過……也許只是錯覺。」

「還真隨便。」

「我其實滿隨便的，最近終於發現這一點。」

「原來是發現了自己，那還真恭喜。」

隨意嘲諷兩句，只是嘴上的嘲諷。

紫苑總是仔細地、努力地、專心地探索自己，試著跟體內的自己對峙。

那很值得感嘆，也很值得稱讚，不是嗎？

老鼠深知不逃避自己有多困難。

老鼠甚至對這個又棘手又麻煩又拿他沒辦法的傢伙感到畏懼。

紫苑撐起上半身，視線在空中徘徊。

「老鼠。」

「嗯？」

「水裡面總是和平的嗎？」

「什麼？」

「水裡面。大海也好，河流也好，湖泊也好，那裡面總是和平的嗎？」

「你在說什麼？作夢了嗎？」

「嗯，作夢了，好久沒有作那麼鮮明的夢了，是葡萄酒的關係嗎？」

「酒紅色的夢嗎？」

「不是……我在游泳，一直游在水底。我可以呼吸，游到哪裡都沒問題。」

紫苑動了動身體，輕輕吐了口氣。

「然後呢？」

「只有那樣，我只是游泳，非常平靜、美麗，感到很幸福，覺得『啊啊，好和平，這裡沒有戰爭也沒有侵略……』。」

「怎麼可能會有那種事。」

老鼠在黑暗中淡淡地笑了。

你這個人真的是太樂觀了。

「水裡也是有戰爭的，弱肉強食的世界跟地面上沒兩樣。你不是專攻生態學嗎？」

「是預定要去讀。」

「隨便都好。生態學不是關於生物與環境的相互作用的學問嗎？捕食者與被食者的關係在水裡也是存在的，你沒學過嗎？」

紫苑搖頭說：

「我知道，我不認為水裡有樂園，只是那裡沒有人類……所以……」

「所以？」

「不會發生無意義的戰爭，應該也不會發生為了殺人而殺人的那種可怕的殺戮。」

「你一邊想著那些事，一邊游泳嗎？」

「是啊。非常……美麗，水底是白色沙地，一望無際，處處可見像翡翠一般的翠綠色石頭，也不知道是什麼緣故，偶爾會閃閃發亮。我本來伸手想撿，後來作罷了。」

「為什麼？」

「那石頭太美了，我害怕去觸摸，覺得一旦我摸了，這個世界就會崩毀……」

「原來你浪漫到那種地步，簡直就像清純的處女說的話。」

紫苑動了動身體說：

「嗯，我自己也覺得很不好意思，可是我真的有那種感覺也沒辦法。然而我現在後悔了，如果終究會清醒，我應該撿的。」

老鼠又差點笑出來。

是不是情緒的壓制太鬆懈了呢？

「再睡回頭覺吧，或許會作相同的夢，如果真作夢了，這次可以沒有顧慮，無論石頭還是金子都能撿。」

「是啊。對了，老鼠。」

「嗯？」

「逃離NO.6的時候也是游泳出來的，那時我很拚命，根本沒有餘力去感受什麼。」

「那在污水裡耶，跟你的夢大相逕庭吧？」

「可是我……在西區這裡也曾看見過……不少美麗的事物。我說的是……事實……」

開始傳來鼾聲。

紫苑的溫度傳來。只要有他的溫度陪伴，即使寒冬也能平安度過吧。

別鬧了，你在想什麼？

無法獨自生存的人，無法獨自面對命運的人，就無法活下去。這是西區的鐵則。

不需要什麼溫度。

老鼠起身，一口氣喝光一杯預先準備好的水，冰冷的水流進體內。

紫苑喃喃說著什麼。

「撿到了嗎？」

老鼠試著問他。沒有回答，只聽到風沉重迴盪的聲音。

海藻忽然搖動。

並非像剛才那樣平緩的動作，而是像被疾風打中的小樹枝一樣沙沙地晃動。

不寧靜的變動。

海藻叢中跳出銀色的魚從老鼠眼前閃過，雖然只是剎那間的事情，但仍能看見牠吞食了一半的小魚。

捕食者與被捕食者，食者與被食者。

水裡同樣存在著眾多的死。

只晃動一會兒的海藻叢恢復原本的平靜，小魚兒們依舊游來游去，彷彿不曾發生過什麼事。

老鼠在水底發現藍色石頭。

他毫不猶豫地拾起。

沒有發亮也不漂亮，只是一顆凹凸不平的小石頭。

氣息從嘴裡吐出，他開始感到辛苦。除非作夢，否則人是無法毫無裝備長時間停留在水裡的。

老鼠撥動水，朝水面游去。

或許是陽光出現了，水看起來閃著白光，有一道黑色影子斜射進來。是倒木的影子。枯朽的樹木從根部附近斷掉，倒落水中。老鼠扶著樹枝撐起身體，水從耳朵旁流下，頭髮緊黏著肩膀。他用力吐氣。胸腔裡充滿空氣。

倒下的樹木還有一小部分跟樹根連在一起，或許因為如此，樹葉仍舊茂密，樹枝也沒有枯萎，仍向四方延伸。老鼠跨坐在樹幹上，再次深呼吸。看到有這麼大棵的樹木生長在這裡，讓他覺得很意外，小小的綠洲其實深藏著各式各樣的寶物。

視野的一角有什麼在動。

是老鼠丟放行李那一帶。

看起來像人。

吱吱吱！

吱吱吱！

小老鼠的叫聲愈來愈兇惡，牠們正對著可疑人影齜牙咧嘴地威嚇著。

「好痛，住手，好痛痛痛。」

傳來哀號。是男人的聲音。

「可惡！你們是哪來的？滾開，快滾開。住手，不要咬我。可惡！小心我把你們烤來吃。好痛，啊！我的耳朵。」

看來小老鼠們已經正式開始攻擊了，男人的慘叫聲愈來愈劇烈。
「好痛痛痛痛！可惡，混帳東西！」
男人留下惡言惡語，打算離開。他揮動手臂，撥開小老鼠，然後緊緊抓著老鼠的行李。
「喂，小偷。」
男人嚇得跳起來，連忙轉身。
老鼠朝著男人的臉丟擲石頭，同時跳進水裡游向岸邊。
男人雙手摀住臉，蹲在草地上，鮮血從指間滴落。
哈姆雷特與克拉巴特衝到已經快速穿好衣服的老鼠肩上。
牠們激動地交互鳴叫，似乎在控訴著什麼。
「好好，我知道了，知道了，你們都辛苦了。」
老鼠用指尖撫摸牠們的頭之後，克拉巴特跳進口袋裡，哈姆雷特則是鑽進老鼠的濕頭髮裡。
「嗚……好痛，眼、眼睛被打中了，救救我。」

男人伸出沾有血跡的手在空中胡亂揮舞。

「我鎖定的目標是額頭正中央，我的控制力是超群的，從來不曾失誤打中目標以外的地方，而且我還手下留情了。」

男人一手壓著額頭，抬頭看老鼠說：

「手下留情？」

「沒錯，我可以讓小石頭嵌在你的額頭上，卻同情了你這個小偷，你得心存感激。」

男人鬆手，血從額頭正中央湧出來。

「這樣算手下留情？」

「當然，你的頭蓋骨跟腦袋都沒有出現異常吧？只不過肉被割傷罷了，做為竊盜之罪的懲罰是太輕了。」

「那還真得感謝你了，我會去醫院做腦波檢查的。唔！不過真的好痛，抽痛著。」

男人一邊哼著痛一邊洗臉，然後從掛在肩膀上的簡易布袋裡取出大小的瓶子，瓶子裡有各種顏色的液體，他用靈巧的手法攪拌液體，接著拿出布沾淡紫色略帶黏稠的液體塗在傷口上。

「好了，這樣就可以了，明早傷口就會癒合了。」

男人直接將布綁在額頭上，咧嘴一笑。皮膚黝黑，眼角跟嘴角都有深刻的皺紋，一頭亂髮中有明顯的白髮，可是聲音與眼神都充滿活力，甚至讓人覺得他很年輕。

年齡不詳，無法猜測年輕或年老的男人，雖然無論年輕或年老都無法改變他是小偷的事實。

「不過話說回來，你啊。」

男人將瓶子收進袋子裡，依舊笑容滿面地找老鼠說話。讓人聯想說服學生向學的教師，像那樣的口吻。他說：

「仔細一看，還真是個美人呢。這樣可不行喔，像你這樣的美人怎麼能全裸在這裡洗澡呢？這一帶可不寧靜，這裡是類似流浪漢、無賴們的巢穴的地方，你在這種地方脫光衣服游泳，就等於可愛的小綿羊誤闖狼群一樣，你也太大意了。」

「那還真謝謝你了……沒想到我會被一個小偷說教，還真的是轉移焦點的最佳範本啊，大叔。」

「大叔？我？」

「不是我，這點是確定的，我不是大叔也不是小偷。」

男人眨眼。

兩次、三次、四次，動作停止時，男人唐突地爆笑：

「哇哈哈哈，太愉快了，哇哈哈哈哈，實在太愉快了，長那樣卻如此毒舌，哇哈哈哈，你這孩子太好玩了，哇哈哈哈哈，哇哈……」

男人的笑聲戛然而止。

因為老鼠的小刀正對著他的喉嚨。

「刺耳的聲音，要不要讓你稍微……不，永遠沉默呢？」

老鼠從背後在男人的耳邊輕聲地說。可以看出這樣的耳語對一個被人拿刀威脅的人而言有多恐怖，而恐怖對於剝奪他人自由又是多麼地有幫助。

男人的身體抖個不停地說：

「啊……不，等等，用不著拿出刀子來，我會閉嘴的。不，真的很抱歉，如果這樣讓你不舒服，我道歉，我道歉。」

老鼠往後退，收起刀子。男人摸著脖子，蠕動雙唇。他的嘴唇裡吐出長長的嘆息道：

「哎呀呀，你這個人也太火爆了，跟你的長相也落差太大了，我還以為你的個性應該更優雅一些的。」

「如果對象是優雅的人，我的動作當然也會優雅，而且也會注重禮儀。你是小偷，企圖偷取他人物品，比起優雅的打招呼，用小刀割斷喉嚨更適合用來對待你。」

「你殺過人嗎？」

男人眼珠子往上瞟探老鼠的表情問。

「你用那把刀殺過人嗎？年輕人。」

「我沒有義務回答小偷的問題。」

「啊，你不要誤會，我並不是想要偷你的行李。」

老鼠面無表情地俯視男人。

「是真的，相信我。證據是這個，你看。」

男人將手伸進簡易布袋裡，取出一樣又一樣的物品。幾種小藥瓶、一袋肉乾、水壺、一包麵包、一塊起司、岩鹽、小錢袋。男人打開錢袋給老鼠看，裡面是滿滿的金幣。

「別怪我不客氣地說，我可是比你富有，我完全沒必要偷你的東西，這一點我希望你能理解。」

「我無法理解。」

老鼠輕輕聳了聳右肩說。

「無論你多富有，反正你剛才就是企圖偷偷拿走我的東西，那是事實，那種行為就叫做偷竊。」

「原來如此，被那麼認為也是無可奈何的事。這個傷……」

男人輕撫額頭接著說：

「原來是該隱的封印。額頭受了這樣的傷，還被老鼠咬，相當悽慘了。能不能當作我已經付出足夠的代價了？」

「還真有利於你自己的解釋啊。」

老鼠背起行李，露出淺笑說。他突然覺得很可笑。即將日落了，必須快點尋找今晚的落腳處，沒時間再管這名愛狡辯的小偷了。

「咦，你要走了嗎？」

男人起身。身材高眺，穿著硬邦邦的白色套裝，腳踩有點髒的皮革拖鞋。

「我要走了，跟小偷聊天不是我的興趣。」

「就說我不是小偷了，我只是想調查而已。」

「調查？」

「對，我想調查，我想知道你從哪裡來的。」

「知道要做什麼？」

男人挺直身腰說：

「我只是在想……或許、或許你是從NO.6來的……」

NO.6。

沒想到會在這種地方聽到這個名字。

NO.6。

被稱為桃花源的虛構都市，應該是人類的睿智與希望的象徵，卻在不知不覺中變成了巨大的怪物，後來彷彿無法忍受自己的醜陋、自己的可怕，自行崩毀的都市。

老鼠，我在這裡等你，一直等著你。

紫苑的聲音盤旋在耳裡。

「喔喔，果然如此嗎？你是從那個都市來的。」

男人跳起來，想要握老鼠的手。

「別碰我。」

老鼠揮開伸過來的手。他覺得自己並沒有很用力，然而男人卻一陣踉蹌，單腳踩進泉水裡。

「不要對我這麼兇，如果你是NO.6的居民，我有很多事情想問你。」

「我完全沒有可以跟你說的話，而且我也不是NO.6的居民。」

「但是你知道NO.6，對嗎？聽說那個都市崩毀了，是真的嗎？」

男人的臉逼近眼前，眼角往上吊，微微顫抖著繼續說：

「我在四處都有聽到傳言，然而沒有人知道真正的情況。可是你應該是知道的，你的行李裡有真空包裝的攜帶式食物與LED的超輕量發電機，那是NO.6的東西，對嗎？只有那種可能。」

出發前一天，紫苑跟火藍在老鼠的行李裡塞了許多東西，火藍一臉送兒子出門的母親的表情，而紫苑則是不發一語。

啊，真的要道別了。

眺望著緊閉雙唇，甚至看起來很不高興的紫苑的側臉，老鼠真切地感受到離別。

明天要離開這裡。

紫苑留下，我離開。

四年前彷彿奇蹟般緊緊相連的兩條生命即將分離，各走各的路。

與紫苑共同生活的日子不滿半年，跟那之前的時光相比，跟這之後的歲月相比，都只是短暫的時間，短暫但濃烈的時間。

今後還會跟誰度過那麼濃烈且細緻的時光呢？

搖頭。

NO.6瓦解了，老鼠的願望成真了。

那樣就夠了。

紫苑已經是過去的人了，雖說會永遠留在記憶中，不會消失，可並非是跟老鼠的現在有關聯的人。

要切割。

不切割就不能往前行，被困在過去的人無法活在當下。

已經夠了，被過去牽絆著，一直背負著，都已經夠了，他受夠了。

「喂，少年，回答我啊。」

男人的口吻帶著哀求。

「我聽過傳聞，各式各樣的傳聞，有人說NO.6滅亡了，不過也有人說那只是毫無根據的玩笑話，那個都市依舊存在著，依舊繁榮。我無法判斷什麼是虛什麼是實。」

「你自己親自去確認不就得了？」

男人微微低頭，在喉嚨深處低喃著說：

「……話雖如此，NO.6可是在遙遠的彼方啊。」

「走半年就到了，很近。」

「半年……會讓人發瘋的時間。」

男人露出十分沮喪的模樣，嘆了好長一口氣。

「你不也是流浪漢？不會是定居在荒野吧？」

男人勾起唇角，露出白到令人意外的牙齒。他的口吻與聲音已然不復見剛才哀傷。他說：

「你猜猜看囉。其實在這裡住慣了，也許會是很舒服的地方喔。」

六個都市與其周邊以外的地方，適合人類長期居住的土地，在地球上已經找不到了。

一直是這麼說的。

為了尋求盡可能適合生存的地方與土地，人們創造了六大都市。被擠出都市的人或者死亡，或者只能攀附在都市外部苟延殘喘。

然而流浪在荒野之後，老鼠親身體會到那裡並非只是阻擋人類求生的不毛之地。

比起跟老婆婆在一起徘徊的那個時候，現在的荒野綠意盎然，綠洲也增加了，甚至有零散的河川、草原跟濕地。

是不是地表上的環境唐突地、急速地正在復原中呢？那是地球的潛力還是一時的迴光返照呢？老鼠猜不出來，應該也沒有人猜得出來。

只是他覺得：

地球跟人類都很堅強。

人們聚集在水岸旁，慢慢建造小聚落。引水耕田，播種，飼養家畜，產子育兒。雖然處於過度苛刻的條件下，但仍開始出現有別於六大都市，人類能夠賴以維生的場所。

紫苑，這個世界發生變化了，隨時變動，改變形狀，你的眼睛是否捕捉到那樣的變化呢？你的耳朵是否聽到變化的胎動呢？

老鼠對著人在遙遠的新生都市，大概正在與困難纏鬥中的紫苑說話。

「對了，這樣如何？年輕人，今晚要不要住我家？為了表達我的失禮，我提供一晚的住宿給你，我們好好聊一聊。雖然是茅草屋，不過有床也有浴室，在這一帶可算是上等的屋子喔。」

「我拒絕。」

「為什麼？有溫暖的睡床跟浴室喔。」

「就算你準備大理石浴室給我，我也不要，我不想去小偷家。」

「就說我不是小偷，我只是想知道NO.6……」

男人噤口。

清楚聽到馬的嘶鳴聲與人的腳步聲，馬跟人都是複數，空氣中飄著些許危險的氣氛。

「糟糕，追上來了嗎？」

男人的臉一下子刷白了，想逃卻腳打結，一屁股跌坐在地上。

「喂，在這裡，找到了。」

三名男人撥開灌木叢走過來，三個人的身材都屬於巨型，其中一人是褐色皮膚，另外兩人是泛紅的白色皮膚。

「找到你了，你這個騙子。你最好有心理準備，我們不會輕易放過你。」

褐色男舉起粗壯的手臂說。有猛獸的氣勢。

「說什麼萬能藥，不過是有顏色的水罷了，居然敢騙我們。」

「把他打個半死！」

「殺了他。」

兩名白皮膚男同時怒吼。其中一名把灰色頭髮綁成馬尾，另一名則是剃光頭。

「你欺騙我們，捲走我們的錢，被殺也是你咎由自取。」

「等、等等、先等等，這是誤會，我沒有騙你們，那個藥真的是萬能藥，是你、你們調配的方法錯誤。」

「閉嘴，還想騙我們嗎？」

「我要把你的嘴巴撕爛，舌頭拔掉，讓你再也說不出話來，順便敲斷兩、三顆臼齒好了。」

「哇～～別、別用暴力，冷靜一點，用說的吧。錢、錢我還給你們。」

「錢？」

褐色男咧嘴笑，像極舞臺上的大反派。

「那是當然要拿回來，等我收拾你之後慢慢再拿。」

「哇～～救命啊，年、年輕人，救我。」

男人發出求救的目光。

「咦？怎麼，你是這個騙子的同夥嗎？」

馬尾男怒目睨視著老鼠問。

「怎麼可能，我只是路過的人，再見了。」
老鼠轉身背對男人們。
他拒絕跟麻煩事扯上關係，跟小偷有關的糾紛更是敬謝不敏。
「喂、喂，等等，不要拋下我。」
「吵死了。」
背後傳來拍打肉的聲音，也聽見有人跌倒的聲音。
「住、住手……救救我，求求你。」
「敢當騙子，怎麼這麼敢做不敢當啊，紫苑。」
老鼠停下腳步。
「紫苑？」
回頭。
嘴角滴血的男人爬過來摟住老鼠的腳，嘴裡不停重複著「救我」。
「你的名字……叫紫苑？」
「我、我是這麼自稱沒錯……」

「不是你的本名。」

「是我兒子的名字，像紫、紫苑的花一樣可愛的嬰兒。」

「你兒子的名字？」

不會吧，沒這麼巧吧？

「喂，年輕人。」

馬尾男大步靠近。

「你只是一個路過的人，快點把那個男人交給我們，趕緊離開這裡，否則……」

「否則怎樣？」

馬尾男彈指，露出奇妙的扭曲笑臉說：

「那你也會一起被埋在這片荒野上。」

「那我可不願意，我不太喜歡待在土裡面。」

「喂，小哥。」

褐色男同樣露出扭曲又猥褻的笑說：

「仔細一看，你長得還真美，埋了你太可惜了，如何，要不要陪我們啊？絕對會讓你快樂。」

「不仔細看的話就看不出來嗎？看來你們不只長得難看，連視力也相當差。」

「你說什麼！」

老鼠放下行李，輕輕嘆了口氣。

結果還是變成這樣，紫苑，你的名字總是把我捲進麻煩事裡，你是否有察覺到呢？

「小子，你打算跟我們作對嗎？」

「我是很不想啦……」

「哦？沒關係，讓你吃點苦頭，你就會乖乖聽話了。等收拾了這個騙子之後再好好跟你玩。」

「喂，別打臉，這小子可以賣到好價錢。」

「我知道。嘿嘿，真是意外的收穫。」

褐色男伸出舌尖舔了舔嘴唇，然後握緊拳頭往老鼠靠近。習慣暴力與打鬥者的熟練動作。

老鼠往後退一步，接著吹口哨。

哈姆雷特從頭髮裡跳出來，撲向褐色男的臉。

「哇！這是什麼？」

褐色男正打算抓哈姆雷特，可是快不過老鼠踢向他腹部的腳。

幾乎沒有發出一點聲響，褐色的龐大身軀就這麼跌向地面。老鼠跳過跌倒在地的龐大身體，站到馬尾男面前。

「你、你這小子！」

馬尾男瞠大雙眼揍過來。老鼠已經算準時機了，他避開對方的一擊，撲向對方，用手刀襲擊對方的喉嚨。馬尾男大幅度仰身閃躲，直接往後倒下去。這一個也是連聲音都沒辦法發出。

「你這傢伙！」

最後一人，光頭男抽出短刀。是一把匕首。

「我要殺了你！」

光頭男的動作比其他兩人略微遲鈍，老鼠轉身繞到他背後，伸出手臂用力勒住他的脖子。

匕首掉落腳邊。老鼠用腳將匕首踢進泉水裡，發出清澈的水聲。

「刀子不是可以隨便亂揮的東西，你還需要再練練。」

老鼠加重勒脖子的力道，光頭男的身體癱軟了。老鼠一放手，光頭男發出悶悶的呻吟，從膝蓋跪了下去。

哈姆雷特爬上老鼠的肩膀，輕聲鳴叫。

傳來拍手聲。

「真是漂亮，簡直就像在看舞臺表演。不，太厲害了，太厲害了，漂亮。啊！你要做什麼？」

老鼠抓起放在簡易布袋裡的小錢袋放在褐色男的手裡。褐色男低聲呻吟，微微抬起頭。

「抱歉，這個男人做的事能不能用這筆錢抵銷？拜託了。」

褐色男眨眨眼，似乎輕輕點了頭。

「喂喂，你給太多了吧？那是我的金幣耶。」

「這樣可以避免留下麻煩。還是你打算選擇讓這些男人緊追不捨地追殺你？我可先警告你，這些傢伙可不會輕言放棄。」

男人聳聳肩，再度拍手說：

「原來如此，連收尾都收得這麼漂亮，我實在太佩服你了。」

「你曾是NO.6的居民嗎？」

男人的手停下來了。一旦他喋喋不休與拍手聲靜止，寂靜便充斥著雙耳。

「回答我，你曾是那個都市的居民嗎？」

「……沒錯，不過很久以前我就已經離開了。」

「為什麼？」

「為什麼？這個嘛，因為那個都市是虛構的，年輕人。是虛構的就一定會有破綻，為了修補破綻，NO.6會更加集權管理，更加加強統治，我沒有自信能忍受那樣沉重的氣氛。」

原來如此，這個男人早已看破NO.6的真面目與結局了嗎？

「所以你一個人離開都市了嗎？留下像花一樣可愛的兒子。」

「我無法說服我的妻子，她拒絕跟我一起離開NO.6，似乎無法完全相信我。」

「那可真是明察秋毫啊，要是跟著你這種不負責任的男人走，現在大概早已經是白骨一堆了吧。」

「你還真是嘴上不留情。那麼到底是怎樣？NO.6真的崩毀了嗎？不，應該是崩毀了，虛構的世界不可能一直存在於現實中。應該是……從地基開始倒塌了吧。」

「如果是，你想怎樣？」

「回去。」

「回去？回NO.6？路途很遙遠喔。」

「怎麼會，走半年就會到，也沒什麼，不是嗎？」

「想見以前拋棄的兒子與妻子嗎?你還真自私啊。」

「不……不只是那樣。」

男人沉默了好一會兒,終於下定決心地抬起頭說:

「你救了我一命,對我有恩,所以我告訴你。來,跟我來。」

男人把老鼠帶到灌木叢外,那裡繫著三匹馬,正在吃草,是褐色男他們的馬。

「在這裡就沒人會聽到。你看這個。」

男人從襯衫下取出一個袋子,好像是用繩子掛在他脖子上的。袋子的布跟繩子都很舊了,顏色也褪了。

「這是……」

裡面放著比灌木的果實小一圈的石頭。

用不著確認,這就是……

「這是……黃金的原礦嗎?」

「沒錯。你聽我說,NO.6周邊有金礦,雖然不清楚到底有多大範圍,

不過我認為應該存在著相當分量的礦脈。」

「怎麼可能。」

「是真的，我年輕時發現的，別看我這樣，我可是地質學家，NO.6周邊的地層我全部調查過了，是在調查中發現的。」

「你沒有向上級報告，私吞了。」

「沒有，為什麼要報告？黃金並不會為NO.6帶來繁榮，只有百害而無一利。」

「的確。」

那個都市如果因為金礦而更加富有，會變成怎樣呢？老鼠想到就覺得心驚。

「金礦應該還沒有被發現，因為我不曾聽過那樣的傳聞，而NO.6崩毀了，現在那個地方正是最混亂的時候，換言之就是能自由進出，可以堂而皇之地挖掘黃金而不會被任何人制止。」

「等等，你說的金礦在哪裡？」

「從北往南的那一帶，一部分延伸到以前被稱為麻歐之地的地區。完全沒有露出地面，黃金就沉睡在地底深處，而且……」

男人大概是想讓老鼠焦急吧，他壓低聲量，低聲說：

「雖然還無法斷言……不過NO.6的正下方很有可能也有豐富的稀有金屬沉睡著，鎳、鎵、鋯、鈮、銦……我只能講到這裡，怎麼樣？不錯的情報吧？」

老鼠的寒顫愈來愈強烈。

「……當童話故事來聽是不錯，你就是這樣以三寸不爛之舌欺騙他人的吧？以騙子的身分。」

「我不是騙子，我是等待的人。」

「等待的人？」

「對，我在等待，等待NO.6崩毀。如今我終於等到這一天了，我要趕緊做好回國的準備，你要不要跟我一起走？你一定會是我最有力的夥伴，跟我一起回去NO.6，獲得巨萬之富吧。」

男人的雙眸閃閃發亮到令人毛骨悚然。那並非是生氣勃勃，明亮照耀前方的光芒，而是從深處微微發光，像要引誘獵物上鉤那樣的眼眸。

這個男人。

老鼠不自覺緊咬牙根。

這個男人並沒有瘋狂，也不是想要矇騙我，他講的是事實，至少對他而言是事實。

「你拿到巨萬之富要做什麼？過優雅的養老生活嗎？」

不是，這個男人想要的並非是那種東西。

「我要買。」

「買？買什麼？」

「買NO.6。」

霎時聲音跟呼吸都哽住了。

老鼠只能目瞪口呆地凝視著男人。

「買NO.6？什麼意思？」

男人將黃金原礦收進袋子裡後，裝出滿臉的微笑說：
「小子，今後如果想要統治這個世界，需要的不是軍隊，不是戒律，也不是嚴格的管理體制，而是財富。財富才是最大，而且最強悍的武器，NO.6在這點上錯了。嗯，擁有愚蠢的統治者是那個都市最大的不幸吧。」
「你打算利用財富的力量成為NO.6的統治者嗎？」
「不知道。」
男子微傾著頭說：
「命運是無法預知的，不過我不是野心家，我也沒有希望能成為皇帝或統治者。」
「那麼，為什麼？」
「不是很有趣嗎？這雙手可以攪弄普羅大眾的人生，實在愉快，沒有比這個更好玩的遊戲了。」
「你……」

老鼠更加聚精會神地凝視男人。

不像紫苑。

紫苑絕不將他人的人生當作遊戲的對象，不曾玩弄過。

「NO.6那個都市好不容易踏上重生之路，正打算創造出新的都市國家，你卻因為一時興起，打算去攪亂時局嗎？」

「重生？新的？不可能。無論是誰，用怎樣的方式去參與，國家就是國家，總有一天會強化管理體制，企圖將人們納入管理之下。這就是國家的真面目，人類的歷史可以證明這一點。無論外側的表相如何更換，NO.6就是NO.6，什麼都不會改變。如果要說有所不同，就只有處於中央的人物，實質上的NO.6的統治者是愚蠢還是聰明罷了。愚蠢則會露骨地，聰明則會巧妙地建立統治體系。如果是愚蠢者，有一天會自行崩毀，如果勉強算是聰明人，就會慢慢地將NO.6的一切抓在自己的手上，這樣的人才是真正恐怖的人。說吧。」

「……什麼？」

「負責神聖都市重生的人是怎樣的傢伙？就你看來，他是愚蠢還是聰明呢？」

老鼠緩緩搖頭。頸部感覺悶痛著。

「那個人非常聰明，也有確實的知性，我不認為他會成為你所說的統治者。」

「哦？評價相當高嘛，那個男人……是男人吧？你很了解他？」

就某方面來說，我比誰都更了解他；但就某方面來說，我幾乎不認識他。

「而且很相信他。」

相信，如果連紫苑都無法相信，那麼這個世界上就沒有任何可以相信的東西了。

相信，但是我是不是也很懼怕他？

瞄了眼沉默不語的老鼠，男人往前逼近一步說：

「如何？要不要跟我一起走？稀有金屬不確定，但是確實有金礦。」

老鼠往後退了男人前進的那一步的距離。

「不了，我要往我想走的方向去。」

「是嗎……那真可惜。」

男人真的覺得可惜地撇了撇嘴角。

「那就不勉強了。那麼，我要走了。我借一匹馬走好了，給了那麼多金幣，牽走馬他們應該無話可說吧。」

男人牽著灰馬的韁繩，回頭再說：

「最後再說一句。小子，人是會變的，你相信的那個男人也是會變的，站在國家的中樞，人一定會變，不改變就會破滅，你記著吧。」

老鼠伸手觸摸掛在皮帶下方的刀子。

如果現在在這裡解決掉這個男人……解決他，或許就能摘掉會危害紫苑的幼苗。

指尖疼痛。

老鼠用力握緊到指尖發疼。

我不允許你為了我苛責他人，更別說殺害他人了。

老鼠，別殺人，別為了我犯罪。

紫苑壓住老鼠的手，拚命阻止他。

老鼠，別殺人。

是啊，你會那麼說，你一定會那麼說，然後阻止我，你總是那麼天真又老實。

紫苑……

「那麼我們有緣再相會吧。」

男人跳上馬，用力踢馬腹。灰馬發出嘶鳴聲衝出去。男人跟馬慢慢消失在飛塵的另一頭。

風吹來，灌木搖曳。

雲覆蓋天空，地面上籠罩著夜晚的黑暗。

紫苑。

些許的雲散開，出現深紫色的天空。

那裡有一顆小星星閃爍著。
這片天空的彼方有NO.6。
老鼠任風吹拂著，抬頭專注地凝視著星星。

國家圖書館出版品預行編目資料

未來都市NO.6 #beyond / 淺野敦子著；Bxyzic
圖；珂辰譯. -- 初版. -- 臺北市：皇冠, 2016.04
面； 公分. --（皇冠叢書；第4540種)(YA!；
55)
譯自：No.6〔ナンバーシックス〕BEYOND

ISBN 978-957-33-3224-4 (平裝)

861.57 105003875

皇冠叢書第4540種
YA！055

未來都市NO.6 #beyond

No.6〔ナンバーシックス〕
BEYOND

作 者—淺野敦子
插 畫—Bxyzic
譯 者—珂辰
發 行 人—平雲
出版發行—皇冠文化出版有限公司
台北市敦化北路120巷50號
電話◎02-27168888
郵撥帳號◎15261516號
皇冠出版社(香港)有限公司
香港上環文咸東街50號寶恒商業中心
23樓2301-3室
電話◎2529-1778 傳真◎2527-0904
總 編 輯—龔橞甄
責任主編—許婷婷
責任編輯—陳怡蓁
美術設計—嚴昱琳
著作完成日期—2012年
初版一刷日期—2016年4月

法律顧問—王惠光律師

如有破損或裝訂錯誤，請寄回本社更換
讀者服務傳真專線◎02-27150507
電腦編號◎515055
ISBN◎978-957-33-3224-4
Printed in Taiwan
本書特價◎新台幣199元/港幣67元